Die Erzählungen André Hellers spielen meist im Süden – in Marokko, Südspanien oder am Gardasee, wo ein Friseur an seinem »Ehrentag« eine unvergessliche Rede hält. Ein Leitmotiv Hellers ist der Gegensatz zwischen künstlerischer oder natürlicher Schönheit und der Verwirrtheit der Menschen, die diese Schönheit erleben und sich Trost von ihr erhoffen: »Wer zu Traurigkeiten neigt, sollte Orte besonderer Schönheit meiden.« Das Einfache, Hingeworfene dieser Geschichten täuscht nicht über ihre gedankliche Tiefe und ihre stilistische Sicherheit hinweg. Es sind Geschichten, deren Phantasie immer zu Erkenntnis und Selbsterkenntnis führt, sie sind getragen von einer Illusionslosigkeit, die umso verstörender ist, weil sie sich mit einer fatalistischen Heiterkeit maskiert. Heller ist ein betörender Erzähler.

André Heller, geboren 1947 in Wien, ist einer der erfolgreichsten Multimediakünstler der Welt. Sein erster Roman, *Schattentaucher*, erschien 1987, *Schlamassel* wurde 1993 veröffentlicht. Der Autor lebt heute in Wien und am Gardasee.

André Heller

Als ich ein Hund war

Liebesgeschichten und
weitere rätselhafte Vorfälle

Berliner Taschenbuch Verlag

Februar 2003
BvT Berliner Taschenbuch Verlags GmbH, Berlin,
ein Unternehmen der Verlagsgruppe Random House GmbH

Umschlaggestaltung: Nina Rothfos und Patrick Gabler, Hamburg,
unter Verwendung einer Fotografie von Jacques Henri Lartigue

Gesetzt aus der Bembo durch psb, Berlin
Druck & Bindung: Elsnerdruck, Berlin
Printed in Germany · ISBN 3-442-76099-2

INHALT

WIE ES WIRKLICH WAR

»Geh ins Zimmer«, sagte mein Cousin Aristide, »du mußt nicht erschrecken, er sieht friedlich aus, zum ersten Mal seit Jahren.«

Die Fenster waren geschlossen, die Vorhänge zugezogen, und die Kerzen hatten viel vom Sauerstoff verbraucht. Um das Bett verteilte Lotusbouquets gaben der stickigen Luft einen Geruch von Kompost. Vater sah tatsächlich aus, als hätte ihm jemand Manieren beigebracht. Seine ganze Fahrigkeit, das ständige Tasten der Zunge entlang der Mundhöhle, das regelmäßig die Wangen blähte, war verschwunden. Die Hände lagen gefaltet über dem Hosenbund, und ihre Finger waren zehn schmale und blasse Straßen, über die Insekten reisten, denn ausgerechnet am Tag nach Vaters Tod schwärmten die fliegenden Ameisen. Überall sah man ihr Getümmel. Die schwarzen Leiber mit den weißen Flügeln. Ich wußte nicht, was sie suchten, woher sie kamen und wo sie in wenigen Stunden sein würden. Immer erschienen sie von einem Augenblick zum anderen, füllten das Haus mit Ekel und verschwanden, wie sie gekommen waren.

Ich wischte einige davon aus Vaters Gesicht. Als ich seine Haut berührte, fiel mir auf, daß ich mich an keine frühere Berührung erinnern konnte. Nie hatte er mich umarmt. Nie mir den Arm um die Schulter gelegt. Nie meine Hand gehalten, um mich über die Straße zu führen. Nie meine Haare gestreichelt. Ich wiederum hätte es gar nicht gewagt, unaufgefordert nach ihm zu fassen. Immer war zwischen uns ein unsichtbarer Graben voll unsichtbarer Brennesseln. Jetzt bohrte ich meine Nägel in Vaters Daumenballen und wußte, daß er nicht reagieren konnte, und doch fürchtete ich mich.

»Ich bin dir für nichts dankbar«, sagte ich unhörbar. »Nicht einmal für mein Leben.« Er gab keine Antwort. Im Café vor dem blauen Gouverneurspalast erzählten die Erwachsenen manchmal von Toten, die aufwachten, wenn man ihnen unehrerbietig begegnete – *les morts reveillés*. Auf keinen Fall wollte ich ihm einen Vorwand schaffen, seinen Körper noch einmal zu beseelen. So schaute ich ihn liebevoll an und dachte mir gleichzeitig die schlimmsten und wahrsten Dinge über ihn.

Meine Großmutter bemerkte aus dem Hintergrund: »Du mußt jetzt stark sein, mein Kleiner.«

»Ja, ich weiß«, antwortete ich. »Man hat nur einen Vater.«

»Aber er lebt in dir weiter«, sagte sie, »in deinen Zügen, in deinen Bewegungen, in deinen Launen.«

»Das ist nicht wahr, Großmutter«, schrie ich. »Nirgendwo lebt er weiter. Nicht in sich und schon gar nicht in mir. Er besteht aus Aas, und alles andere ist gelogen.«

»Du Armer. Das Unglück wächst dir über den Kopf. Komm zu mir und laß dich trösten.«

Ich schmiegte mich an sie und versuchte zu weinen, aber es gelang nicht. Von außerhalb des Zimmers hörte ich Mutter schluchzen. Sie trauerte für mindestens zwei, und ich bezweifelte die Echtheit ihrer Gefühle. Dann fiel mir aber ein, daß ich stets so innig das Ende des Schuljahres ersehnte und trotzdem am letzten Schultag vor den Ferien immer ein wenig unter Abschiedsmelancholie litt. Woher das kam, war mir unbegreiflich. Vielleicht logen Mutters Tränen also doch nicht.

›Die Welt ist ein Rätseldickicht‹, dachte ich.

Jetzt hörte man die Reifen eines Autos.

»Wahrscheinlich der Leichenwagen«, sagte Großmutter.

Ich konnte mir nicht vorstellen, daß Menschen, die unterwegs waren, einen Verstorbenen zu holen, so schnell fuhren, daß die Reifen beim Stehenbleiben quietschten.

›Tote haben keine Eile mehr, man bringt ihnen auch keine Eile mehr entgegen‹, dachte ich.

»Der Tod ist das Ende der Schnelligkeit«, sagte ich laut.

»Papperlapapp, mein Kleiner. Du solltest dich ein wenig ausruhen.« Damit öffnete Großmutter die Tür zum Gang und befahl ihrer Tochter: »Gib deinem Sohn etwas zu essen, er braucht Kraft.«

»Wer denkt jetzt an essen«, sagte Mutter.

»Alle Hungrigen«, beschied Großmutter.

Im selben Augenblick betraten drei Männer den Gang, der unsere Zimmer miteinander verband. Zwei davon trugen eine lange Metallkiste, und einer war ein Zwerg.

Er flüsterte: »Wir sind gekommen, um unsere Arbeit zu tun. Mögen Sie in den heiligen Worten Trost finden.«

Jetzt begannen alle zu flüstern. »Spät kommen Sie«

und »Danke« und »Hier auf seinem Bett ist er aufgebahrt« und »Jetzt verläßt er endgültig seine Familie und unser schönes Guadeloupe«.

Der Zwerg schien ein Arzt zu sein. Zumindest sprach er größtenteils unverständliche Sätze, als er Vater kurz untersuchte. Ich dachte, wahrscheinlich besaß er vor Jahren eine normale Größe und jedesmal, wenn er einen Leichnam beschaut, schrumpft er ein wenig.

»Mit Sicherheit ein Herzschlag«, sagte er und rieb mit dem Handrücken seine Nase. »Herzschlag, Sekundentod. Das Ende, von dem ich träume«, fügte er hinzu.

Ich gönnte Vater keinen leichten Tod. Er hatte es uns so schwer gemacht, warum sollte gerade er geschont werden. Vielleicht nur als Atempause vor der Hölle, tröstete ich mich. Jetzt hoben sie den Körper mitsamt vielen Ameisen. Ich sah, daß der Socken an seinem rechten Fuß verkehrt herum angezogen war.

›Das geschieht dem alten Pedanten recht‹, dachte ich.

»Will den Verblichenen noch jemand betrachten, ehe wir den Deckel schließen?« sagte der Zwerg.

Ich rief: »Ja, bitte, ich!«

»Er ist der einzige Sohn«, erklärte Großmutter.

Ich trat zu der Kiste und sagte, daß es alle hören konnten. »Adieu, Vater. Ich werde dich sehr vermissen. Beschütze uns von da oben.«

Großmutter sagte: »Er liebt ihn so.«

Mutter umschlang mich mit den Armen, als müßte sie mich aus einer reißenden Flut retten. Die Männer schlossen die Kiste und trugen sie fort, wobei sie anstießen und eine Kerbe in den Türstock schlugen. Ich lief auf den Gang und vor das Haus und schaute ihnen nach. Es war ein makelloser Tag. Angereichert mit dem Duft blühenden Jasmins. Das Auto entfernte sich. In der ersten Kurve quietschten die Reifen.

DER FALL MOSKOVIC

Die Anreise von Genua nach Nizza war stürmisch und verregnet gewesen. Aber als ich auf der Promenade des Anglais endlich das Hotel Negresco betreten wollte, stürzte aus den Wolken dermaßen viel Wasser, daß man glauben konnte, hohe Wellen des wenige Schritte entfernten Meeres hätten sich in die Luft verirrt. Der Portier betrachtete mich einen Augenblick und sagte dann lachend: »Etwas so Durchnäßtes wie Sie erhält bei uns normalerweise kein Zimmer, sondern übernachtet im Schirmständer.« Minuten später streckte ich mich im heißen Bad und massierte mir die Schläfen, um die wieder einmal besonders quälenden Kopfschmerzen ein wenig zu lindern. »Bisher kein guter Tag«, sagte ich halblaut zu mir selbst. Für den Abend war ich mit Doktor Crevel verabredet, der mir Unterlagen über den Fall Moskovic übergeben sollte. Bis zu diesem Treffen galt es, noch sechseinhalb Stunden möglichst sinnvoll zu verbringen. An einen Spaziergang war bei dieser Witterung nicht zu denken. Unglücklicherweise hatte ich keine Lektüre eingepackt. So beschloß ich, entgegen meiner sonstigen Gewohnheit, schon um diese Uhrzeit die Bar des Hotels aufzusuchen. Sie ist ein pompöser Teil jener Negresco-Geschmacklosigkeiten, deren abscheuliche

Summe einen kuriosen Zauber entfaltet, dem beinahe jeder Gast für ein oder zwei Tage erliegt. In dieser Bar lebt seit langem eine riesige Katze mit einem rostroten buschigen Fell. Man findet sie meistens auf einem Fauteuil nahe dem Piano. Das Tier strahlt jene vollendete Eleganz aus, die heutzutage zunehmend in Vergessenheit gerät und für deren wenigstens andeutungsweises Begreifen ich die Betrachtung des Slowfox tanzenden Fred Astaire empfehlen möchte. Ich setzte mich zu der Katze, die Josephine genannt wird, und bestellte einen Calvados. ›Wer mag sie schon gestreichelt haben?‹ dachte ich. Die Filmstars, die Politiker, die Finanzhaie, deren erste Adresse in Nizza das Negresco war und ist. Vor allem die zahllosen Hochstapler, Spekulanten und Exil-Hoheiten, die verbilligte Monatszimmer besaßen und passioniert ihren überzogenen Hoffnungen nachstellten. Bei ihnen galt Josephine als Glückskatze, deren Berührung das Erringen machtvoller Throne, gewaltiger Vermögen oder die Einheirat in solche begünstigte. Inmitten der mondänen Langeweile und deren unruhiger Schwester, der Hysterie, die ein Ort wie Nizza an seinem Nabel Negresco versammelt, wirkte Josephine wunderbar zeitlos und im Einklang mit den harmonischen Gesetzen des Universums. Die Milliardäre würden eines Tages in Kliniken am Genfer See sterben, ihre Mätressen würden mit Schrecken die Altersflecken auf ihren Händen betrachten, die Chaneltaschen umklammerten. Vulkanausbrüche und Erdbeben würden ganze Kontinente im Ozean versenken, die letzten Königreiche würden Republiken weichen, die Welt würde vielleicht sogar von einer Kugel in eine die Sonne umkreisende Pyramide verwandelt werden, aber die rostrote riesige Katze würde immer noch irgendwo in einem bequemen Fauteuil vor sich hin schnurren. Äußerstenfalls, nach dem vollkommenen Untergang unseres Planeten, würden Josephine und ihr Polstermöbel ein bizarres, selbständiges Gestirn bilden, das, bestaunt von den alteingesessenen Himmelskörpern, weit draußen zwischen Jupiter und Saturn seine Bahn zog. Während ich diesen Gedanken nachhing, hatte ein seltsames Paar in der Bar Platz genommen. Eine greise, zum Skelett abgemagerte Chinesin oder Vietnamesin und ein etwa gleichaltriger französischer Herr, dessen Hinfälligkeit schon etwas Gespenstisches ausstrahlte. Wie eine verschimmelte Frucht, die man bei der Rückkehr von einer langen Reise in einem Winkel der Küche findet, wirkte er. Als wären Teile seines Körpers schon verstorben. An vielen Stellen trug er Heftpflaster, kleine Verbände, die Brücken zwischen den wenigen beseelten Inseln seiner Haut und des Gesichtes sein mochten. Als ich unvermittelt aufblickte und das Paar zum ersten Mal sah, erschrak ich mit jener Heftigkeit, die man der Begegnung mit Basilisken zuschreibt. Sie saßen einander gegenüber und redeten mit den lauten Stimmen Schwerhöriger, so daß ich jedes Wort ihres Gesprächs verstehen konnte. Es war noch erstaunlicher als ihre äußeren Erscheinungen. »Wie schön du bist«, wiederholte der Mann alle paar Sätze mit großer Heftigkeit. »Dein Lachen sehe ich. Ein Morgen ist es im September 1951. Am Tisch vor dir ein Bouquet Mohnblumen. Dein Haar zu einem Knoten gewunden. Wie du duftest, Geliebte. Wir trinken Tee und kauen an Kandisstückchen. Wie schön du bist.« Und sie antwortete: »Die Eleganz deines Leinenanzugs. Die Kraft deines Blickes, mein Freund aus der Fremde. Hör nie auf, mich anzusehen.« Und er: »Wie schön du bist. Komm in den Schatten. Mit dem Schatten will ich dich teilen ohne Eifersucht.« Und sie: »Sei still und sieh mich nur an. Der Gesang der Insekten begleitet uns durch den Tag.« Ich gab dem Kellner ein Zeichen. Als er neben mir stand, fragte ich ihn, ob er das Paar kenne. »Ja, mein Herr. Sie kommen dreimal die Woche, seit ich hier arbeite. Seit fünfzehn Jahren dreimal die Woche.« – »Was ist die Geschichte der Herrschaften«, wollte ich wissen. »Ich kenne nur Bruchstücke«, sagte der Kellner. »Sie haben einander angeblich in Indochina kennengelernt, während des Krieges. Er war Journalist, und man behauptet, daß sie die Tochter eines Ministers ist. Bald wurde geheiratet, und dann sind Jahrzehnte vergangen, von denen ich nichts weiß. Seit sie begannen, uns hier in der Bar zu besuchen, sprechen sie, wie ich und meine Kollegen vermuten, ausschließlich Dialoge aus ihren Anfängen. Eine ehemalige *amour fou*, in der sie gefangen scheinen wie in einem Hamsterrad. Sie nehmen die Gegenwart nicht zur Kenntnis und bestehen aus nichts als Erinnerung und Illusion. So oder so ähnlich, glaube ich, ist ihre Geschichte.« Ich bedankte mich, bezahlte und streichelte noch eine Weile Josephine. In einer plötzlichen Aufwallung von Selbstmitleid dachte ich: ›Für die Katze ist immer jetzt und für die beiden Greise immer damals, aber wohin gehöre eigentlich ich?‹ Dann beschloß ich, doch ein wenig am Strand zu spazieren, denn in einem Spiegel, der zwei vor dem Negresco befindliche Palmen und ein Stück Himmel wiedergab, konnte ich erkennen, daß sich das Wetter beruhigt hatte.

EIN EHRENTAG

In dem kleinen Ort am Gardasee, der mein bestes Zuhause ist, gibt es einen Friseur. Man nennt ihn Signor Vittorio, und mit seinem krummen Rücken und dem hervorspringenden Kinn ähnelt er einer großen Schildkröte. Anläßlich seines 86. Geburtstages ehrte man ihn auf dem zypressenumkränzten Hauptplatz mit einer Feier, die mich an ein Wirklichkeit gewordenes patriotisches Gemälde des Zöllners Rousseau erinnerte. Zum Abschluß trat Signor Vittorio selbst vor die etwa zweihundert Gratulanten und hielt eine Rede: »Italiener, Freunde, geschätzte Mitbürger«, begann er, »es drängt mich, Ihrer Liebenswürdigkeit mit Aufrichtigkeit zu begegnen. Mit zwölf Jahren begann ich meine Lehrzeit im Salon Murazo in Brescia. Bald bemerkte ich, daß ich nur Talent für Dienstleistungen bei Männern besitze. Frauen sind zu geschwätzig, wissen selten genau, was sie wollen, und rauchen ihre Zigaretten noch beim Ondulieren und unter der Trockenhaube. Bei Männern ist alles rasch getan. Die Stammkunden antworten auf die Frage: Wie immer? mit einem Kopfnicken. Dann schließen die meisten ihre Augen und geben sich Bildern hin, die nichts mit meiner Arbeit zu tun haben. Die Männer in unserer Gegend sind einsilbig. Das ist ein großes Glück. Es begünstigt meine Konzentration. Meine Freunde, Haareschneiden ist keine gewöhnliche Tätigkeit. Die Haare sind etwas Mystisches und verlangen, ernst genommen zu werden. Seit fünfundsiebzig Jahren erzählen sie mir ihre Ansichten und die Ansichten und Aussichten ihrer Träger. Den Tod eines Mannes kann ich deshalb auf den Monat genau voraussagen. Natürlich tue ich es nicht, aber glauben Sie mir, wenn ich es täte, würde ich mich selten irren. Bücher sollte ich schreiben über die Launen der Lokkenwirbel, den Eigensinn der Schnurrbärte, die Mimosenhaftigkeit der Nackenhaut oder das armselige Auf- und Abtanzen der Adamsäpfel. Die Jüngeren haben keine Ahnung mehr, was der Beruf bedeutet. Welcher Hingabe und Genauigkeit es bedarf. Sie stecken keine Halskrause aus Watte mehr in die Hemdkrägen der Kunden, um das Eindringen von geschnittenen Haaren zu verhindern. Sie verwenden kein Talkpuder mehr, um der Haut nach den Rasuren zu schmeicheln. Sie finden es unter ihrer Würde, das Haar in den Nasenlöchern und am Rande der Ohren zu schneiden. Sie fassonieren keine Augenbrauen mehr. Sie sind zu faul, Rasierschaum mit dem Pinsel selbst anzurühren, damit er die einzig erlaubte Konsistenz erhält. Sie wärmen sich die Hände nicht mit heißem Wasser, ehe sie mit dem Gesicht eines Kunden Kontakt haben. Sie wissen nicht, daß ein Friseur immer den wohlriechendsten Atem haben muß und daß Musik im Geschäft einem Verbrechen gleicht, weil das Klappern der Schere eine Melodie schafft, die dem Meditationsgesang buddhistischer Mönche verwandt ist und von nichts übertönt werden sollte. Die Friseurkunst ist am

Ende, meine Lieben. Die für Männer, meine ich. Verehrte Freunde, ich verwende noch acht verschiedene Scheren. Von jener für den Grobschnitt bis zu der gezahnten für das Effilieren. Drei verschiedene Kämme. Einer für das Heben der Haare, ein anderer für das Frisieren, ein dritter mit sehr schmalen Zwischenräumen für das, was man das Auskehren der Schnitthärchen nennen könnte. Rasiert werden darf nur mit dem aufklappbaren Rasiermesser. Man schärft es vor jeder Anwendung auf dem schwarzen Schleifband. Alles andere ist Dilettantismus der unerträglichsten Art. Und jetzt noch eine Hauptsache. In den ersten Salons meiner Jugend wurden die Haare nach dem Waschen mit Handtüchern trockengerieben. Keine Föns oder elektrischen Wärmehauben. Das schädigt die Haarstruktur. Trockenreiben und anschließend 20 Tropfen Mandelöl in die Kopfhaut einmassieren. Kein Quentchen weniger und kein Quentchen mehr. Für Glatzen ist überhaupt Mandelöl das Idealste. Manchmal in meinen Träumen regnet es Haare, und sie drohen, alles Leben zu ersticken. Unaufhörlich fallen Haare in allen erdenklichen Farben vom Himmel. In meinem Traum machen mir dann die Honoratioren des Ortes ihre Aufwartung. Also Sie, lieber Herr Bürgermeister, und Sie, meine verehrten Herren und Damen Gemeinderäte, und Sie, würdiger Herr Pfarrer. ›Signor Vittorio‹ flehen Sie in meinem Traum, ›helfen Sie uns. Sie allein haben Macht über das Unbegreifliche.‹ – ›Gut‹, sage ich, ›wenn es sonst nichts ist‹, und trete vor das Haus. Als nächstes strecke ich den runden Spiegel himmelwärts. Sie wissen schon, diesen Spiegel, mit dem ich für gewöhnlich den Kunden das

Ergebnis meiner Arbeit von allen Seiten zeige. Der Spiegel blinkt in der Sonne und die Haarplage ist augenblicklich beendet. Ein-, zweimal im Jahr besucht mich dieser Traum, und nach dem Aufwachen denke ich manchmal, wessen Haare es da wohl regnet? Es könnten die Haare Gottes sein, meine lieben Freunde. Schwarze, blonde, rote, weiße Haare, glatte und gekräuselte, lange und kurze, denn Gott ist ja alles. Italiener und Sudanese, Japaner und Indio, Frau und Mann, Kind und Greis. Die Haare Gottes, meine Freunde, die ihm der heilige Friseur des Paradieses schneidet. Die Vielfalt der Haare Gottes. Wer könnte beweisen, daß meine Vermutung falsch ist?«

OLGA CATOR

Es gibt besonders fröhlich anmutende Menschen, die bestehen im Grunde aus nichts als unterdrückten Wutanfällen. Olga Cator gehörte zu dieser Sorte. Hätte man ihr Feinstoffliches obduziert, wären all die falschen Entscheidungen zutage gekommen, die ihr bisheriges erwachsenes Leben geprägt hatten. Auf Wunsch ihres Vaters war sie Rechtsanwältin geworden, aber was sie tatsächlich interessierte, war Archäologie, und den von ihr für die Simschek AG bravourös gewonnenen Kartellprozeß Simschek gegen Edlinger hätte sie jederzeit dafür getauscht, die kleinste assyrische Statue mit eigenen Händen aus dem Boden um Ninivé zu bergen. Ihr Ninivé in Liebesangelegenheiten übrigens hieß Dr. Erich Feuer. Derjenige, den sie vor über dreizehn Jahren unter dem Schluchzen ihrer kleinadligen Familie geheiratet hatte, trug allerdings den Namen Paul Cator und verdiente seinen Unterhalt als Teilhaber einer Fabrik für Sicherheitsschlösser. Am Anfang hatte es zwischen ihnen so etwas wie ein erotisches Vergnügen gegeben, aber bald beobachtete sie an ihrem Gatten eine Art des Augenverdrehens beim Orgasmus, die nur mehr das Weiße des Glaskörpers sehen ließ, und dies wirkte auf Olga dermaßen ekelerregend, daß Paul für sie fast nur mehr aus dieser ein wenig wäßrigen Weiße bestand. Manchmal fragte sie sich, was sie daran hinderte, auf und davon zu gehen. Jedesmal lautete ihre Antwort: Ich habe keine Antwort. Auf diesen vier Worten sind wahrscheinlich Millionen Lebensruinen gebaut. Und doch ahnen die wenigsten dieser Ruinenbaumeister, daß hinter dem »Ich habe keine Antwort« eine Art geistiges Stemmeisen seiner Benützung harrt, um Auswege zu schaffen. Es ist wohl jene tiefe, innere Müdigkeit des Unglücklichen, die Befreiungstaten verhindert und ihn einer Person ähneln läßt, die inmitten eines Zimmerbrandes nicht die Kraft findet, den rettenden Feuerlöscher von der Wand zu heben und zu betätigen. Aber unter der Müdigkeit befindet sich zumeist eine unerhörte Wut und über der Müdigkeit eine verlogene Fröhlichkeit.

Olgas Gesicht war von solch verlogener Fröhlichkeit geradezu verwüstet. Dies mißfiel Paul und veranlaßte ihn, sich zweimal monatlich im Bordell so schlecht zu benehmen, wie er es zu Hause gerne getan hätte. Ihm fehlte es nämlich nicht wie Olga an Wachheit, sondern an ganz ordinärem Mut, um seinen Sehnsüchten zu folgen, als deren eindrucksvollste man einen Hang zu Wirtschaftskriminalität nennen müßte. Häufig träumte er, daß seine Gattin ihn als juridische Vertreterin der geschädigten Seite in ein scharfes Kreuzverhör nahm und er, unfähig zu Geschicktheit, alles gestand, dessen er sich schuldig gemacht hatte und sogar mehr. An den Vormittagen nach solchen Alptraumgeschehnissen sandte er Olga für gewöhnlich einen Strauß Rosen und Lilien in der Hoffnung, damit ihr Ebenbild zu besänftigen, das sich nachts in seinen Ängsten tummelte. Sie aber war nach Erhalt der Blumen stets für Stunden von der Beharrlichkeit seiner Liebe gerührt, und ebenso lange kam ihr die Frage, was sie am Auf- und Davongehen hinderte, nicht in den Sinn. Sie dachte vielmehr: Vielleicht ist mein Unglück ohnedies die äußerste Form von möglichem Glück, und diejenigen, die auf mich glücklich wirken, sind in Wahrheit noch viel unglücklicher als ich.

Daß sie Paul mit dem Dr. Feuer nicht nur in Gedanken, sondern auch in Taten betrogen hätte, kam nicht in Frage, weil sie sich keine Niederlage leisten wollte. Das heißt, sie war sich nicht sicher, ob das Objekt ihrer Begierde sie für ein ebensolches hielt. Merkwürdigerweise fehlte ihr jedes Einschätzungsvermögen ihrer Chancen bei Männern, obwohl sie bei Gericht ein beinahe untrügliches Gefühl für Prozeßausgänge besaß. In Olgas Dasein bewegte sich wenig. Alles Wesentliche war statisch. Das Traurige und das Erträgliche, das: Ich hab keine Antwort, und die Gewißheit, daß Ninivé die Rettung wäre, blieben unverrückbar an ihrem Platz. Dies hatte den Vorteil, daß Olga alle Gedanken und Gefühle immer sehr rasch finden konnte. Sie war die geordnetste Katastrophe, die man sich vorstellen konnte.

Aber eines Abends geschah etwas, das unserer Geschichte noch eine Wendung gibt. Bei einer jener Familienfeiern, auf der die Älteren das Fehlen der Monarchie beklagten und manche der Jüngeren die Tatsache, daß Reisebüros auch Buchungen für Urlaube von Arbeitern an paradiesische Orte durchführten, bemerkte Olga auf einem Kaminsims die palisandergerahmte Fotografie eines im Einsturz befindlichen Turms. Sie wußte augenblicklich, daß es sich um den Campanile in Venedig handelte. Bei dieser Entdeckung wurde ihr der Kopf heiß, gleichzeitig öffnete sich ein Abteil in ihrer Erinnerung, das ihr bisher verschlossen gewesen war. Dieses Abteil trug ein Datum: den 14. Juli 1902. An diesem Tag um neun Uhr sah sie sich am Markusplatz promenieren. Sie war ein Mann: der Papierindustrielle Laszlo Tözs aus Ödenburg, der in der Serenissima weilte, um als Gast bei den Feiern zum achtzigsten Geburtstag des einflußreichen Zeitungsverlegers Remonte Grüße der österreichisch-ungarischen Handelskammer zu überbringen. Am Himmel erweckte eine schwefelige Farbe Aufmerksamkeit. Es wirkte, als ginge am frühen Vormittag die Sonne unter. Tözs blähte die Wangen, was er immer tat, wenn er an etwas nicht Vertrautes geriet. Alles hier wirkte auf ihn so lasziv und auf Verführung angelegt. Jedes Gebäude und jeder Anblick schienen eine Aufforderung zum Staunen zu sein. Aber Tözs staunte nicht gerne. Er wollte stets wissen, woran er war, wie in seinen Fabriken, die für ihn keine Geheimnisse oder Überraschungen bargen und wo sein Wille das Gesetz bedeutete. Venedig schien schrecklicherweise dem Willkürlichsten zugehörig, das er kannte: dem Traumgeschehen. Er suchte nach einem Wort, das seinen Empfindungen in bezug auf diese Stadt entsprach, und entschied sich für: Flirren. Es flirrte in ihm und um ihn. Dieses Getümmel von Matrosen und Offizieren, von Herrschaft und Bettelvolk, von Fahnen und Mosaiken, von Möwenflug und Taubengegurre. Die babylonische Sprachenvielfalt der zahllosen aufgeregten Fremden, die heiseren Rufe der Gondolieri, das Schlagen der Ruder im Wasser, die schmachtenden Musiken der Kaffeehausorchester, dies alles machte ihn trunken, und sein Glaubensbekenntnis gehörte doch ganz der Nüchternheit. Tözs war wütend auf dieses groteske und monumentale Glasperlenspiel und fürchtete, darin verloren zu gehen. Jetzt drehte er sich von der Riva Schiavoni hilfesuchend in Richtung des Markusdomes, und als er die darauf postierten Rösserskulpturen sah, wurde er ganz erfüllt von dem Wunsch, seinen Kopf an die Flanke seines Lieblingsreitpferdes zu lehnen, als ob dieser Vorgang augenblicklich wieder Ordnung und Übersichtlichkeit hergestellt hätte. Als nächstes blickte er auf die Taschenuhr und bemerkte, daß es bereits 9 Uhr 52 war. Da entstand sehr nahe ein rasant anschwellendes Prasseln. Gleichzeitig verwandelte sich alles in Tözs Umgebung in einen Schrei, und auch er schrie. Vor seinen Augen fiel der gewaltige Campanile wie ein Kartenhaus in sich zusammen. Die Trümmer durchschlugen einige Arkaden. Wolken aus Staub und kleineren Schutteilchen entstanden im Gefolge der Druckwelle, die Tözs umriß und gegen einen Limonadenkiosk schleuderte.

Olga wurde bei dieser Erinnerung vor dem Marmorkamin ihrer Tante ohnmächtig. Als sie kurz darauf unter Einwirkung von Salmiak wieder in die Welt trat, umklammerte ihre linke Hand noch immer die gerahmte Fotografie, deren Herkunft, wie sich herausstellte, niemand in der Verwandtschaft erklären konnte. Die Tante wußte nur, daß die Kuriosität schon zu Zeiten ihres Großvaters auf dessen Schreibtisch gestanden hatte.

ALS ICH EIN HUND WAR

Als ich ein Hund war, warfen häufig Kinder Steine nach mir. Aber die Steine sprachen mit lauter Stimme, während sie mich verletzten. Von den Schlupfwinkeln der Cobras war die Rede und ob Heuschreckenplagen bevorstanden. Ich weiß nicht, ob Steine aufrichtig sind. Es heißt, daß sie ihr Wissen von der Sonne beziehen. Hitze bringt ihnen Neuigkeiten und Maßstäbe, um Torheiten von Nützlichem zu unterscheiden. Ein Hund ist zumeist auf Vermutungen angewiesen. Gewiß ist nur, was man zwischen den Zähnen spürt, und die kurze Freude im Sprung. Ein wenig hilfreich sind Gerüche, um Unheil rechtzeitig zu wittern, aber das tiefste Erschrecken kommt immer ohne Warnung aus irgendeinem blinden Winkel. Und wenn es einen nicht das Leben kostet, zittert man noch Tage danach.

Hunde (die aus den Vorstädten meine ich, wo die Siedlungen der Menschen an Weizenfelder mit Kakteenzäunen grenzen) streunen im Wachen stets um bildlose Hoffnungen. Ein Gefühl beherrscht dich, daß du nicht sein müßtest, wer du bist, und besseres möglich wäre, wenn man etwas täte, wovon niemand weiß, was es sein könnte. Im Schlaf kommt dann ein Ratgeber, der stumm ist. Und die Luft ist voll mit Gebell von Tieren, die ihrer

Natur gemäß singen müßten. Kein Hund ist wie ein anderer, und Zugehörigkeiten hat es zu meiner Zeit nicht gegeben.

Aus Fez stammt ein Verdacht, daß Fisch besser schmeckt als das Fleisch von Eseln. In meiner Gegend gab es keine Fische, und erst kurz vor dem Ende sah ich etwas aus dem Ozean, das Muschel heißt und von der Festigkeit her Knochen ähnelt. Nur zerschneidet es den Bauch desjenigen, der es schluckt. Gott bin ich oft begegnet. Er wohnt in den Tonkrügen des Haffiz und stellt sich ungeschickt an, so daß sie oft zerbrechen.

»Wo Scherben sind, ist Gott«, sagen die Hunde. Die Menschen machen soviel Aufhebens um den Sinn der Dinge. Immer ringen sie um einen Ausdruck. Und bitten um Führung.

Als ich ein Hund war, regierte ein Sultan, der an die Stelle des Sinns trat, und vielen ward deshalb leicht ums Herz.

Ich habe aufgeschrieben, was ich erinnere. Wer es brauchen kann, dem soll es gehören.

DIE KLEINE FRAU

»Dort geht die kleine Frau. Schau hin. Aus der Ferne könnte man sie für ein Lumpenbündel, das zu Leben erweckt wurde, halten. Für Lumpen wäre das tatsächlich ein Leben, aber für unsereins ist es das kaum.« Abdul hebt eine Hand und läßt sie wieder fallen. Als wäge er ein Stück Luft, das bleiern ist. »Dreißig Jahre kenne ich sie. Seit ich hierher gezogen bin. Dreißig Jahre sieht sie gleich aus. Nie hab ich sie ruhen gesehen. Zwischen den sieben Eingängen des Souks pendelt sie. Wo die Schattendächer aus Schilf hoch über den Ladenstraßen enden, dreht sie sich zitternd auf den Fersen um und schlendert zurück in das dunkle Winkelwerk. Als wäre da draußen eine verbotene Stadt, die jedwedes tötet, das nicht hingehört.«

»Ist sie eine Bettlerin?« frage ich.

»Sie bettelt nicht. Weder mit Worten noch mit Blicken noch mit Gesten. Sie sammelt keinen Abfall. Sie leistet keine Dienste.«

»Hat sie Gönner?«

»Nein. Die Wohltäter halten sich von ihr fern. Früher dachte ich, sie besitzt etwas Kapital oder ihre Familie versorgt sie mit dem Nötigsten, aber es steht fest, daß sie ohne Anhang ist und nicht verwitwet oder durch irgend andere Umstände im geringsten versorgt. Sie hat nichts und niemand, und Hilfe kann ihr nicht zuteil werden, denn der Helfende würde die Legende zerstören.«

»Welche Legende?« frage ich.

»Daß sie mit den Düften des Souks, den Wohlgerüchen und dem Gestank, ihr Auskommen findet. So stillt sie Hunger und Durst, so bannt sie Schlaf und Krankheit, Alter und Tod. Man erzählt sich, unter den Lumpen wüchsen ihr überall am Leib Nasen. Und daß sie damit Erdbeben im voraus riechen kann und die Launen des Wetters, aber auch die Nutzlosigkeit dieser Eigenschaften für andere, erzählt man sich, da die kleine Frau niemals spricht oder sich in irgendeiner Form an andere wendet.«

»Kennt man ihren Namen?«

»Sie heißt seit jeher *kleine Frau*. Sie kam mit dem Entstehen des Souks, und sie wird gehen, wenn es Allah beliebt, den Souk abzuschaffen.«

»Der Souk ist Jahrhunderte alt«, sage ich.

»Die kleine Frau auch. So alt wie der erste Rauch der ersten Feuer in den Gewölben der Schmiede hinter den Verschlägen der Bernstein-Händler.«

»Glaubst du so etwas?« frage ich Abdul.

»Wer bin ich, daß ich weiß, was die Absichten des Allerhöchsten sind? In der Medina lebte ein Reicher, der sein Vermögen einem Pfau vererbte. Und der Vogel stolzierte fortan durch die Gemächer des Hauses und schlug sein Rad vor den Spiegeln des Tanzsaales, den früher Abend für Abend die Musiken und stampfenden Schritte der Gnawa durchdrungen hatten. Wenn es im Plan des

Allmächtigen war, daß jenes Palais des Reichen einem Pfau gehöre, warum sollte die kleine Frau nicht älter sein als das Königreich Marokko oder der tausendjährige Maulbeerbaum von Safi.«

EIN RASCHER VORGANG

Er saß mit überkreuzten Beinen auf dem ausgewaschenen grünen Tuch, das vor vielen Jahren seinem Vater als Bettüberwurf gedient hatte. Der Asphaltboden unter ihm vibrierte von den Hunderten Schaulustigen, die, von der Unruhe des großen Platzes angezogen, wie jeden Abend zwischen den einzelnen Attraktionen flanierten. Über ihm waren drei Himmel. Zunächst der des Rauches, den die Kessel- und Kohlefeuer der ungezählten Restaurantbuden ausströmten, dann die höheren Wolken, denen man etwas Beschwingtes, Erleichtertes ansah, denn sie hatten ihre Regenlast bereits an den Hängen des Atlasgebirges abgeladen, darüber das Sternengetümmel, aus dem ihm die Eingebungen zufielen, die sein und anderer Leute Leben bestimmten.

Farouk polierte mit dem Saum seiner Djellaba das tablettgroße Blechschild, das ihn für die Passanten als »Mahrabout und hellsichtig von Geburt an. Ratgeber, Tröster und Schöpfer mit den Mitteln der weißen Magie« auswies. Auf einem kleineren Schild stand: »Hoffnungsspender für Hoffnungslose«. Der mumifizierte Kopf einer Ziege, eine Öllaterne und zwei Fläschchen mit Pfefferminzessenzen waren die restliche Einrichtung seiner fliegenden Praxis, die heute abend am Djema El Fna und morgen am Berber-Markt in Asni ihre Adresse hatte oder in Moulay Brahim. Drei- bis viermal am Tag brachte er das Blechschild auf Hochglanz, denn es war nicht weniger als die materialisierte Stellvertretung seiner Meinung von sich selbst. Inmitten des Staubes und Drecks, inmitten des Getöses und Gestanks hielt er sich für Reinheit und Einkehr und Wohlgeruch. Allah zum Lob, den Irdischen zur Anregung. Er dachte: ›Kein Mensch, nicht einmal der Prophet, kann eine Orangenblüte sein oder eine Rose. Aber auch kein Mensch muß sein wie die Einfalt der Schafe, das Geschnatter der Wildgänse und der Atem der Makakken.‹ Immerzu sprach er Gebetsformeln und Litaneien, bis ein Kunde das Wort an ihn richtete. Dann deutete er dem Mann, sich zu ihm zu hocken. (Es waren traditionsgemäß ausschließlich Männer, die seine Hilfe in Anspruch nahmen. Manchmal kamen sie allerdings auch im bezahlten Auftrag von Frauen.) »Ist es unerwiderte Liebe, die dir den Schlaf raubt, oder willst du Krankheit bannen?« begann Farouk das Gespräch seit über vierzig Jahren, wie es sein Vater stets begonnen hatte und sein Großvater und dessen Vater und Großvater, denn seiner Familie war Allahs Befehl, Fels in der Brandung zu sein, bereits in jener Zeit bewußt geworden, die sich in der Erinnerung verliert und von der es heißt, daß damals die Sklavinnen des Sultans noch Flügel besaßen, die sie des Nachts zum Mond trugen. Aber heute richtete seltsamerweise niemand das Wort an Farouk. Als wäre plötzlich alles Unglück ausgesetzt und alle Verzweiflung beurlaubt. Um diese späte Stunde mußte er für gewöhnlich, bereits müde vom vielen Aussprechen von Wahrheiten, das dritte Stückchen Maniokwurzel kauen, um die Geschmeidigkeit seiner Stimmbänder zu verbessern. Farouk dachte: ›Wenn die Not der anderen tatsächlich ein Ende haben sollte, wird womöglich meine beginnen. Aber Allah weiß, was er tut. Und was er tut, ist wohlgetan.‹ Dann wartete er weiter und wartete, bis er bemerkte, daß er ganz gegen seine Gewohnheit die Gebetsformeln und Litaneien zu flüstern aufgehört hatte und tief in der Betrachtung eines Kobrabeschwörers versunken war, der sich schräg gegenüber, etwa fünf Meter entfernt, niedergelassen hatte. Der Gaukler war mit einem Trainingsanzug bekleidet und wirkte dadurch wie ein Verrat an dem, was der einzige Sinn des Djema El Fna sein mochte: Dem Gestern eine letzte Zuflucht in der Gegenwart zu bieten.

Das nächste, was Farouk bemerkte, war, daß er aus großer Höhe auf eine verschneite Landschaft schaute. Der Vorgang erschreckte ihn so sehr, daß er das Wasser nicht halten konnte. Der Urin floß über seinen ganzen Körper und schien ihn aufzulösen, als wäre er ein Stück Zucker. Schon spürte er seine Beine nicht mehr. Jetzt waren der Bauch und die Brust verloren, jetzt die Arme und Hände. Nur mehr Schulter, Hals und Kopf bildeten einen Torso, der Farouk bedeutete. In der Landschaft unter ihm stöberte ein Sturm im Schnee. Farouk schrie sich selbst an, weil er vermutete, in einen Bann schwarzer Magie geraten zu sein, aus dem es nur durch Selbsterweckung ein Entkommen gab. Aber schon nahmen die Schultern raschen Abschied, sprangen in kleinen Brocken ins Unsichtbare. Ein allerletztes Gefühl von Durst stellte sich ein, und die Ohren hörten noch ein Geräusch, das dem Aufschlagen eines Steines am Grunde eines Brunnens ähnelte. Dann war nichts mehr.

RAUBKATZENMUSIK

Ich war als Kind Ministrant. In der Pfarre Hietzing im 13. Wiener Bezirk. Ministrieren erschien mir damals die beste Möglichkeit, wenigstens stundenweise auf der Seite des Theatralischen und Geheimnisvollen eine Funktion zu haben. Hätte es eine Weltmeisterschaft im Händefalten und unverzitterten Kniebeugen gegeben, ich wäre wahrscheinlich unter die ersten sieben gekommen. An den katholischen lieben Gott habe ich allerdings nicht geglaubt, zumindest nicht mehr, nachdem 1954 die Dallmayer Frederike beim Pfänderspiel trotz meiner innigen Gebete nicht von mir am Rücken gekrault werden wollte, sondern vom Litzi Erwin. Aber ich glaubte an die heilige Maria. Die war nämlich immerhin zweimal unserem Stubenmädchen beim Bügeln erschienen. (Auch als das blasse Fräulein Knoth dann schon lange in der Nervenheilanstalt lebte, habe ich ihre Visionen noch für wahr gehalten.) Der heiligen Maria zu Ehren wurden Maiandachten veranstaltet. Da war die Kirche voll von verzweifelten Frauen, die ihre Männer durch den Naziwahn in Rußland oder anderswo verloren hatten und mit ihren Händen, als eine Art letzten Halt, Rosenkränze umklammerten. Sie schienen fast alle in einer Trance der Melancholie gefangen und starrten mit einem eingeschüchterten Ausdruck vor sich hin, der mir Angst machte. Ich dachte, dieses Starren sei die wahre Frömmigkeit, und alle wahrhaft Frommen wären dementsprechend etwas Ähnliches wie Totgänger.

Eines Abends hatte der Pfarrer, nicht ganz freiwillig, einen Organisten aus Frankreich eingeladen. Der etwa dreißigjährige Mann sollte zweimal während der Andacht auf der Orgel der Kirche improvisieren. Genau entsinne ich mich, daß es sich um den Bruder eines einflußreichen Besatzungsoffiziers handelte und daß er in der Sakristei zu unserem Entsetzen vor seinem Auftritt einen Schlager von Charles Trenet schmetterte. Ich war gerade damit beschäftigt, die Kohle im Weihrauchfaß zum Glühen zu bringen, da sagte der Mesner, ebenso schmetternd, zu dem Musiker den einzigen ein wenig französisch angehauchten Satz, dessen er mächtig war: »Le bœuf: der Ochs, la vache: die Kuh, ferme la porte: mach's Türl zu!« Der Angesprochene antwortete geistig ebenbürtig mit dem wienerischen Wort »Habedieehre«. Dann verließ er uns in Richtung Chorgestühl, und die marianische Stunde konnte beginnen. Bald, mitten hinein in die ersten lateinischen Äußerungen des Pfarrers, füllte sich die Kirche mit den Klängen von Unerhörtem. Der Franzose hatte rücksichtslos zu spielen begonnen. Eine Raubkatzenmusik war es. Dröhnend und fauchend, grollend und brüllend. Immer bedrohlicher und raumgreifender wurde sie. Es gab keine klare Melodie, nur wie willkürlich aus einem großen Ganzen herausgerissene Kompositionsfetzen. Die Orgelpfeifen schepperten vor Überanstrengung.

Ich dachte: ›Ein Abgesandter der Hölle hat sich der himmlischen Tröstungen bemächtigt.‹ Der Pfarrer am Hochaltar drehte sich kalkweiß in Richtung Empore und schrie: »Einhalt! Ich fordere Einhalt!« Aber nichts dergleichen geschah. Der Franzose drosch weiter auf die Tastaturen, riß an den Registern und stieß die Pedale. ›Jeden Augenblick wird die Orgel bersten‹, fürchtete ich. Die bedrückten Trancefrauen waren hochgeschreckt und zischten Empörungen. Eine unter ihnen, die Witwe eines Pferdefleischhauers, bei der ich gelegentlich Leberkässemmeln kaufte, lief nach vorn zur Kommunionsbank und flehte mit hysterischer Stimme: »Joschi, mein Joschimanderl, steh auf aus deinem Grab in Stalingrad und rette uns in dieser großen Not.«

Der Pfarrer schrie: »Schluß mit den Blasphemien.«

Plötzlich trat eine Stille ein, als wäre das Gebrause mit einem riesigen Messer abgeschnitten worden. Fast eine Minute blieben wir unbeweglich. Niemand wußte, was er tun sollte. Dann war ein Kichern zu vernehmen und das Herabsteigen des Organisten auf der knarrenden Holztreppe, die den Balkon mit dem Parterre verband. Viele drehten sich nach dem Franzosen um. Jetzt blieb er neben dem Taufbecken stehen und rief: »A bientôt!« Das nächste, das ich sah, war, daß er durch das Haupttor ins Freie trat. Auf und davon.

Ich schwenkte ein wenig verlegen das Weihrauchfaß.

Der Pfarrer sagte: »Möge der Herr uns von der Willkür der Besatzer befreien. Wir aber wollen jetzt alle mit Gottes Segen nach Hause gehen und diesen Vorfall vergessen.« Das mit dem Vergessen ist mir nicht gelungen.

DER MANN NEBEN MIR

Auf dem Balkon stehe ich. Zimmer zweihundertvier. Blick auf die Stadtmauern. Rechts das Jaffa-Tor. Nicht weit davon die armenische Kirche. Dahinter am Horizont die silberne Kuppel der Al Aksa Moschee, worin sich die ersten Blitze spiegeln. Der Mann neben mir lebt seit 1946 in Jerusalem. Sein ungewöhnlich schmaler, länglicher Kopf ist von struppigen grauen Haarsträhnen bedeckt, als hätte jemand um eine große Spindel kreuz und quer Garn gewickelt.

Der Mann sagt: »Um diese Jahreszeit gibt es hier selten Unwetter. Irgendein Dybuk macht sich am Himmel wichtig.«

Ich deute auf Palmen, die sich federnd in entgegengesetzte Richtungen biegen. Der Sturm kommt also aus Nord und Ost gleichzeitig.

»Für den Dybuk ist das kein Problem«, sagt der Mann und hakt seinen rechten Arm bei mir unter.

Jetzt fliegt ein Feuerstab waagerecht durch die Luft. Er mißt mindestens zwei Kilometer. Gleichzeitig donnert es, wie ich es bisher nie gehört habe. Elektrische Schwingungen lösen Hunderte Alarmanlagen aus. Rasereien, in denen Töne und Bilder einander ständig übertrumpfen wollen.

Der Mann sagt: »Im Konzentrationslager war alles mein Trost, worüber die Nazis keine Macht hatten. Die Wolken, das Wetter, die Jahreszeiten, der Wechsel von Tag und Nacht. Die Wälder konnten sie ja abholzen, die Vögel im Flug töten, die Bäche umleiten oder ihr Wasser vergiften. Selbst Berge konnten sie sprengen. Aber der Mond, die Sonne, die Milchstraße, die Lichtschlangen und Trommelwirbel der Gewitter entzogen sich ihrem Zugriff. Dorthin, in die verbrecherlose Welt, bin ich in Gedanken übersiedelt. Tausendmal, jede wache Stunde. Das hat mich wahrscheinlich vor dem Untergehen bewahrt.«

Er sagt das mit rätselhafter Heiterkeit in der Stimme. Mittlerweile hat der Regen unsere Kleidung durchnäßt.

»Damals habe ich begriffen, daß es den Himmel wirklich gibt. Der ganz normale physische Himmel war und ist auch der metaphysische. Für mich, der um Rettung flehte, war er das grenzenlose Paradies, die Zuflucht der Mühseligen und Beladenen zwischen Abend und Morgen und Morgen und Abend.«

Der Mann greift mit der linken Hand in die Innentasche seines Sakkos. Einen Ausweis zeigt er mir, den er selbst hergestellt hat.

»Himmelsbürger«, lese ich darauf, und weiter: »Muß nichts. Darf alles. Widerruf unmöglich.«

Der Mann sagt: »Die der Hölle entronnen sind, gehören dem Himmel. Israel oder Amerika, Deutschland oder Syrien, das ist ganz und gar Erde. Ich tu so, als wär ich geerdet. In Wirklichkeit bin ich gehimmelt. Das werden Sie vielleicht nicht verstehen, aber ich bin zu alt und hab zuviel erlebt, um zu lügen.«

Über Jerusalem schaffen die Blitze Muster, als versuchten sie, die Frisur des Mannes neben mir nachzuzeichnen.

Heute ist der 17. Mai 1997.

CHARIFA

Als sie Charifas Mundhöhle mit Salbei und Kreuzkümmel füllten, war nicht nur ihr Leben beendet, sondern auch der Tag. Dieser fünfte Mai der unbewegten Hitze im Umkreis der Salztümpel, die dem Toten Meer vorgelagert sind. Man erwartet hier keine Marienkäfer, aber plötzlich waren sie mittags in Schwärmen erschienen, als würden sie der Öde durch ihr fliegendes Rot ein Geschenk von Leichtigkeit übermitteln wollen. Für Charifa kam es zu spät. Sie war bereits im Absacken zum Grund ihrer Seele, müde vom langen Tapfersein und dem Großen, das sich erfüllt hatte, und den Wanderungen über von Trockenheit zerrissene Böden.

Früher waren die Gesänge eine Hilfe gewesen. Zunächst bei den Hochzeiten der Gleichaltrigen und später bei jenen der Kinder. Im Schutz des Gesanges hatte sie alle Not hinausschreien können. Denn die Feste der Beduinen sind wehrhafte Antworten auf das Brandeisen der Sonne, das schmerzhafte Reiben des Sandes in den Augenwinkeln, wenn der Finsternissturm aus dem Negev bricht, und den Gleichmut der Männer, die allzuoft aus nichts als Schweigen zu bestehen scheinen.

Charifa war schön gewesen. Bis zu jenem Augenblick, als der Herr ihrer Gedanken und Taten erschossen wurde. Fremde ohne Phantasie mußten es getan haben, denn die geringste Vorstellung von Charifas Verzweiflung hätte sie mit Sicherheit gelähmt und der Fähigkeit beraubt, Waffen zu benützen. Niemand erfuhr jemals, durch wen und warum es geschehen war, aber es bestand in ihrer Sippe auch keine Tradition, nach Ursachen für Böses zu forschen. Denn die Lenker der Schicksale waren launenhaft, und jede und jeder wußte dies. So lebte Charifa bis zum Ende allein in einem wollenen Zelt, das durch zwei Flicken aus Wellblech auffiel. Das heißt, für die anderen lebte sie allein, und hier beginnt die Geschichte.

Jetzt, wo Charifa tot ist unter den Irdischen und lebendig unter den Himmlischen, darf ich die Wahrheit aufschreiben im Schatten des Eukalyptusbaumes, der noch sein wird, wenn auch wir bei Charifa sind.

Als die Zeit nach dem Mord unter dem mathematischen Gesetz der Traurigkeit verging, das aus Minuten Stunden werden läßt und aus Jahren Jahrzehnte, bürstete Charifa immer und immer wieder ihr volles Haar, das bis zu den Hüften reichte und für ihren Mann die Wellen eines kühlen, dunklen Ozeans bedeutet hatte. Jeden Teil ihres Körpers trug er auf seinem inneren Atlas als Kontinent oder Landschaft, Wasserfläche oder Pol ein. Auch Meridiane war sie ihm und oben und unten und die vier Blätter der Windrose.

Die Haare, die in ihrem Kamm haftenblieben, verbrannte sie allabendlich in einem kleinen Feuer, dem sie auch ihre Wünsche anvertraute. Sie wußte, daß der Rauch hoch zu den Palästen der Unsichtbaren dringen würde, wo das Wesen ihres Geliebten ausruhte, dessen

Körper jener Steinhügel barg, den sie jederzeit mit einem Spaziergang von vierhundert Schritten erreichte.

Ihre Wünsche lauteten: »Kehre zurück, Herr meiner Gedanken!« oder »Iß wieder das Brot, das ich dir bereite! Von der kräftigsten meiner Ziegen will ich dir Milch und Käse reichen und in der Beuge deines rechten Armes die Muttermale berühren, deren Anordnung das Auge der Fatima bilden.«

Und sie sammelte die Brote, die er verschmähte, weil er nicht wiederkehrte, und legte den Boden um ihre Schlafstatt damit aus, und nachts, wenn sie von Träumen aufschreckte, die angefüllt waren mit furchterregenden Chamäleons und dem Lärm von Hornissen, dachte sie manchmal, die Brote seien Monde, ausgesandt, auf Erden ein Firmament zu bilden.

Die anderen der Sippe achteten Charifa, weil sie besser als die Ältesten aus Kameldung den Verlauf von Krankheiten weissagen konnte oder das Geschlecht eines Kindes sechs Monate vor dessen Geburt. Die eigene Zukunft aber blieb ihr verrätselt, und nicht einmal dem Flug der Störche entnahm sie für sich Auskünfte, obwohl ihre Mutter sie das Alphabet der Flügelschläge gelehrt hatte, mit dem die Tiere Nachrichten aus dem Künftigen schreiben. So wartete sie und wartete auf etwas, das die einzig denkbare Freude gewesen wäre. Aber sie glaubte insgeheim selbst nicht mehr an das Wunder der Auferstehung des Fleisches des Herrn ihrer Gedanken.

Über fünftausend abendliche Feuer hatte sie mittlerweile angezündet, und ihre Einsamkeit wucherte in der Abgeschlossenheit des namenlosen Ortes, der ihre bittere Heimat war. Dann kam ihr sechsunddreißigster Geburtstag, und Charifas Mutter erschien noch vor Sonnenaufgang mit einem blauen Tuch, worin ein silberner Armreif inmitten von Ingwer lag.

»Er gehört dir, Schöne«, sagte die Mutter, denn für sie blieb ihre jüngste Tochter makellos wie die Blüten der Bougainvillea im Tau. »Lebe mit uns in unserem Zelt, wenn dir das deine zu groß ist. Wo viel Platz ist, breitet sich der Schmerz gerne aus.«

Charifa antwortete, daß sie das Feuer hüten müsse, damit der Herr ihrer Gedanken nicht friere bei seiner Rückkunft.

Ihre Mutter sagte: »Die Dornen stechen. Das Wasser ist naß. Die Toten sind tot.« Später legte sich Charifa auf den Rücken nahe dem Widder der Schafherde und betrachtete durch ihre gespreizten Finger das Hasten von Wolken, deren Ränder immer neue Abspaltungen ausspien.

Da spürte sie etwas Lautloses, in sich selbst Geborgenes, das im Kommen war. Und sie bewegte sich nicht und ließ ihre Hände über ihrem Gesicht und stimmte sich ein auf das Ereignis. Und jetzt begriff Charifa, daß es ein Skorpion sein mußte. In ihrer Einbildung schuf sie eine jener Musiken, deren Rhythmik den Zuhörer in Trance versetzt und im weiteren Verlauf unempfindlich gegen Schmerzen macht. In einer Art magischem Zeitrafferverfahren verkürzte sie die Spanne zwischen dem ersten Ton und der bei vollem Bewußtsein erreichten Betäubung, so daß sie nach wenigen Augenblicken bereit war, den Stich des Skorpions zu empfangen. Er hatte es aber nicht eilig. Langsam kroch er in Richtung ihres Bauches über ihren Rock.

›Vielleicht ist er ein Kundschafter im Auftrag der Unsichtbaren, um herauszufinden, ob ich für die letzte Übersiedlung gerüstet bin‹, dachte sie, und dann: ›Möge das Gift seines Stachels mein Blut in einen klaren Quell verwandeln, aus dem die Gazellen trinken.‹

Nichts dergleichen geschah, das Tier hielt auf der Mitte ihres Leibes inne. Dann drehte es sich dreimal um die eigene Achse, als versuchte es sich einzugraben. Dann hielt es wieder inne. Charifa beschloß, es zu berühren. Es war der Moment, den sie so lange erbeten hatte. Etwas würde sich verändern. Sie hochschleudern aus der Erstarrung ihrer Verlorenheit. Mit beiden Händen bildete sie eine Kuppel und umfing den Skorpion damit. Jetzt schloß sie die Augen und war ohne Gedanken. Ganz und gar hatte sie sich abgegeben an den Willen des Tieres. Vorsichtig klopfte der Stachel an ihren linken Daumenballen und wurde wieder zurückgezogen. Viel oder wenig Zeit verging. Der Stachel klopfte noch einmal, und dann spürte Charifa, wie er entlang ihrer Lebenslinie tastete. Als Folge füllte sich ihr Kopf wieder mit Gedanken, aber es waren nicht nur ihre, sondern auch die des Skorpions.

Seine Entschiedenheit durchdrang ihr Gehirn, und plötzlich verstand sie erstmals die ironischen Gespräche der Dornbüsche untereinander und hörte, mit welcher Verachtung die Zikaden von den Bewegungen der Menschen sprachen, denen jede Anmut fehlte. Und der Skorpion dachte in Charifas Kopf: ›Über die tausendmal siebenhunderttausend Sprossen der gleißenden Leiter ist der Geliebte zur Geliebten gelangt. Gelockt von ihrem Sehnen und getrieben von seinem Sehnen. In der einzigen Verwandlung, die jener Mühsal gewachsen ist, der Kälte der großen Kristalle aus Licht, die den Weg vom Unsichtbaren zurück ins Sichtbare säumen und der Blendkraft dieser Phänomene: als Skorpion. Nun bin ich mit Hilfe aller Wohlwollenden am Ziel.‹

Charifa hob das Tier zu ihrem Mund. Küßte es mit all der Innigkeit, die ihre Lippen seit dem Tod des Herrn ihrer Gedanken aufgespart hatten, und setzte es anschließend behutsam auf den Erdboden zwischen ihren Schenkeln ab. Jetzt schob sie ihren Rock hoch und öffnete mit den Fingern ihr Geschlecht. Als der Skorpion in sie kroch, schlug ihr Herz langsamer als gewöhnlich.

Auch das Reisen der Wolken verlangsamte sich und das Zittern des Vordaches ihres Zeltes in der Brise. Die Welt schien sich ein neues Maß zu geben für das Werden und Abschiednehmen. Ferne oder nahe hörte Charifa den Klang eines Tambourins, und der Skorpion begann zu tanzen. Wie am Abend ihrer Hochzeit, als sie ihn so bewundert hatte, weil er im Kreis der Männer der ideenreichste und geschmeidigste gewesen war. Nur daß er diesmal in ihr tanzte und ihre Seligkeit das Orchester bildete.

DER ÄQUATOR AM RANDE DER ARKTIS

Im Tropensaal des Schönbrunner Palmenhauses lernte ich als Zwölfjähriger einen Riesen kennen. Auf der weißen Holzbank unter den orchideenüberhangenen Bananenpalmen saß er und blätterte im Schulatlas für Hauptschüler. An seinem Gesicht sah man, daß er in etwa so alt war wie ich, aber seine Statur ähnelte jener des Herrn Gulliver, der im Zirkus Rebernigg Hufeisen mit den Zähnen bog. Neugierig fragte ich ihn nach seinem Namen. »Der Gattinger Leopold bin ich, und daß du's gleich weißt, mein Vater ist Portier bei den Ausgestopften.«

Ich wußte nicht, was dies bedeuten konnte, aber als Freund schien mir der Leopold sofort begehrenswert und mit Sicherheit eine Verstärkung für die Sonntagsraufereien gegen die Della-Lucia-Bande vor dem Pfarrheim. Jetzt erschien meine Erzieherin, die einige Minuten ungläubig fleischfressende Pflanzen beobachtet hatte, und schrie: »Sapperlot, keine Gespräche mit Maroden! Du wirst dich noch anstecken und ich deshalb die Stellung verlieren!«

Tatsächlich versuchten immer wieder Asthmatiker, Keuchhustende und Verkühlte aller Variationen, in der feuchtheißen Luft des Prachtgewächshauses ihre Leiden zu mildern. Dies führte unter anderem zu dem heiteren Ergebnis, daß die Papageien und Beos, die in großen Käfigen zwischen den australischen Baumfarnen lebten, kein einziges Wort sprachen, aber vom zarten Räuspern bis zum schweren Aufrotzen alle Zwischentöne der Lungenkranken vollendet imitierten. Neben Leopold saß eine blasse Frau. »Tun S' mein Buam ka Unrecht«, sagte sie. »Er wachst zwar wia a Giraffn, aber g'sund is er wia a Ochs.«

Einer Freundschaft stand also medizinischerseits nichts mehr im Wege. Ich lud ihn für übermorgen in unsere Süßwarenfabrik ein, wo er sehen konnte, wie man aus alten Schokoladeosterhasen neue Nikolause herstellte, indem die Löffel zu Bischofsmützen mutierten. Im Gegenzug nahm er mich auf einen nächtlichen Geheimspaziergang an den Arbeitsplatz seines Vaters mit: in das Naturhistorische Museum.

›Dies also ist die ausgestopfte Welt‹, dachte ich. Mitten in Wien, nur wenige Schritte von Hofburg und Parlament, Oper und Volksgarten entfernt. Eine steinerne Arche Noah voll der Nashörner und funkelnden Käfer, Mambas und Kondore, Quallen und Elche. Ein Depot der Erinnerungen an Gottes schönste Werke aus seiner manischen Phase. Gefiedertes und Gepanzertes, Glattes und Schuppiges, Flauschiges und Stacheliges. Präparierte und skelettierte Bewohner der Wüsten und Wälder, der Ebenen und Gipfel, des Wassers und der Lüfte, denen, wie ich später lernte, Kaiser Franz Joseph 1857 an der Ringstraße eine endgültige Heimat zugewiesen hatte. (Spiegelgleich übrigens jener für die Werke der Maler und Bildhauer, als seien Kunst und Natur eineiige Zwillinge.)

Leopold führte mich behutsam am Arm, denn die Räume waren unbeleuchtet, und nur von den Laternen um das Maria-Theresien-Denkmal sickerte durch die hohen Fenster ein wenig Helligkeit. Wir berührten Versteinerungen und Saurierknochen, hielten Andacht vor großen Kristallen aus Rosenquarz und drängten unsere Schatten in jene von Walen und Alligatoren.

Es war die erste Expedition meines Lebens. Eine Reise zum österreichischen Äquator am Rande der Arktis. Zuletzt öffnete mein Freund eine Lade, worin die Mumie einer ägyptischen Prinzessin verborgen war, und sang dazu das Lied von den Königskindern, die zueinander nicht fanden, weil eine falsche Nonne andere Pläne hatte.

Als ich gegen Mitternacht nach Hause kam, war die Erzieherin wegen meiner unentschuldigten Abwesenheit vor Besorgnis derart betrunken, daß sie über ihrem Bademantel den Frack meines Vaters mit all seinen Orden aus zwei Weltkriegen trug. »Wo warst du, Bestie?« schluchzte sie.

»Überall auf Erden«, antwortete ich. »Wirklich überall.«

CASABLANCA

An jenem Vormittag schien Casablanca auf zwei Töne gestimmt: Die frohen Schreie der Kinder in der Medina und das ungeduldige Hupen der Autos in der neuen Stadt. Daneben war das Auffallendste die große Anzahl von jungen Matrosen, die jeweils zu zweit oder zu dritt durch den Souk spazierten. Sie sprachen nichts und wirkten entrückt, als sähen sie eine andere Stadt mit anderen Gassen und anderen Läden. Vielleicht auch hatten die Bilder des Meeres sie noch nicht verlassen, und links und rechts von ihren Schritten tummelten sich blinkende Fische und die Gischtkronen der Wellen. Es konnte sein, daß in ihren Körpern ein Herz aus Salz schlug, daß sie die lautlose Sprache der Muränen beherrschten oder die ebenso stille der Korallen. An jenem Vormittag in Casablanca beobachtete ich einen Greis, der Truthähne verkaufte. Die Tiere lagen mit gefesselten Beinen in einem Zitronenkarton. Der Mann aber hockte auf einem Schemel und bewegte die ausgestreckten Arme, als wollte er fliegen. Plötzlich näherte sich ihm ein Schwarm Amseln und zeigte für länger als eine Minute eine schwierige Choreographie. Sein imaginäres Fliegen und ihr wirkliches schienen einander rhythmisch zu beeinflussen. An jenem Vormittag in Casablanca verstand ich, daß der Aufenthalt an solchen Orten die Sinne schärft. Und daß solche Orte im wesentlichen nicht von Gebäuden und Plätzen, von Fremden und Einheimischen bestimmt sind, sondern von Gerüchen. Der Gestank der Fäkalien und der Duft von Pfefferminz, die Ausdünstungen der gegerbten Schafshäute und der Dampf der offenen Garküchen bildeten eine Art unsichtbaren fliegenden Teppich, auf welchem das Wort Orient zwischen der Bitterkeit und der Süße hin- und herreiste. An jenem Vormittag in Casablanca gab es natürlich auch die Verkündigungen des Muezzins, die zur festgesetzten Zeit auf jeden und jedes herabsinken, um Raum zu schaffen für die Notwendigkeit eines Gottes. In dieser kurzen Spanne, fünfmal alle Tage, ist nichts Wichtigeres auf Erden als der Klang einer Stimme. Kaum jemand beachtet den Sinn der Worte, aber keinen gibt es, der nicht den Sinn des Klanges verstünde: Es gibt etwas, das ist größer als du. Größer als deine Armut. Größer als dein Reichtum. Größer als der Anfang und größer als das Ende. Allah akbar.

AM STRAND GEGEN ABEND

So viele Wellen. Und vor meinen Füßen enden sie. Das ganze riesige Meer immer in Bewegung. Im Schaukeln. Und vor meinen Füßen versickern seine letzten Ausläufer im Sand. Meine Sohlen sind nicht einmal naß, aber einen halben Meter weiter könnte ein Narr oder ein Kind ertrinken. Allerdings, wenn ein Sturm kommt, wäre ich dort, wo ich jetzt liege, der Narr. Immer muß man reagieren, Obacht geben. In Paris ist das nicht anders als in Casablanca. Wenn ein Stern ins Meer fiele, wären selbst die in Paris ertrinkende Narren. Ich versuche mir vorzustellen, ob es auch umgekehrt geht. Ein Meer fällt in einen Stern. Ein Atlantik oder Pazifik stürzt in uns. Was man so alles denkt, wenn man ausnahmsweise keine Sorgen hat. Schon ein wenig Zahnweh würde genügen, und mir wäre eine Springflut über Paris nie in den Sinn gekommen. Bei Schmerzen gehöre ich ganz dem Schmerz und bei der Liebe ganz der Liebe. Vor einem Jahr strandete dort links hinten neben der Hütte des Getränkeverkäufers ein toter Delphin. Die Kinder nutzten ihn als Spielzeug. Immer wieder sprangen sie auf seinen Leib. Bis er an vielen Stellen geplatzt war und Fäulnis verströmte. Wenn der Boden erzählen könnte, was sich auf und in ihm ereignet hat. Kein Mensch würde mehr fernsehen oder ins Kino gehen. Man würde immer nur den Berichten des Bodens lauschen. Die Furchtlosen horchten der Friedhofserde zu oder den Schlachtfeldern. Ich würde die Ufer um Auskunft bitten. Die Ufer sammeln ja die Erlebnisse der Bäche und Flüsse und Ozeane und Seen, und diese Wasser sammeln ihrerseits die Erzählungen des Himmels, der sich in ihnen spiegelt, die Späße und Melancholien der Wolken, die Abenteuer der Vögel, die elektrischen Vorstellungen der Blitze und vieles mehr. Ob der Schnee im Atlas zu musizieren vermag, möchte ich erfragen. Ob die Kühle klarer denkt als die Hitze. Ob die Krebse des Atlantik sich für etwas Besseres halten als die Krebse der Flüsse.

Jetzt bemerke ich zwei Fremde, die entlang des Strandes spazieren. Sie berühren einander mit je einer Hand im Nacken, wie es Polizisten tun, wenn sie einen Verhafteten ohne Aufsehen durch die Straßen führen wollen. Ein Mann ist es und eine Frau. Fast noch Kinder. Vielleicht wird der Mann früher sterben als ich. Nie so alt werden, wie ich es heute bin. Und sie wird vielleicht so alt, daß ihr keine Erinnerung an ihn bleibt. Sie wird dann nicht wissen, daß dieser Mensch, der ihren Nacken berührte, jemals gelebt hat. Ob der Delphin vom Vorjahr wußte, wann seine Todesstunde kommt? Heute ist mein letztes Heute, ob er das gewußt hat? Ob Delphine überhaupt ein Heute denken? Vielleicht sind sie immer im Künftigen. Woher plötzlich der Geruch von frischem Brot kommt? Der in der Getränkehütte bäckt niemals selbst. Ob es unsichtbare Bäcker gibt mit unsichtbaren Broten, die genauso duften wie sichtbare? Am Strand könnte ein solcher Bäcker sein oder in der Gischt. So viele Wellen. Und vor meinen Füßen enden sie. Das ganze riesige Meer immer in Bewegung. Und vor meinen Füßen versickern seine letzten Ausläufer im Sand.

MAX

Wer sich mit Max in ein Gespräch einließ, mußte damit rechnen, von Katastrophen zu hören. Denn er bestand ganz und gar aus Befürchtungen, und da jedes Wesen genau jene Energien empfängt, die es aussendet, war das Unglück sein ständiger Begleiter. Manche genossen seine Schilderungen von jähen Stürzen über Stiegen, von in Verlust geratenen Kostbarkeiten, von Beziehungskrisen und dergleichen mehr, weil ihr eigenes, zumeist blasses Dasein dann ein wenig erfreulicher und gesegneter wirkte. Aber den meisten schien es ratsam, Max zu meiden. Sie suchten ja auch nicht die Nähe von Blitzableitern oder Korkeichen während eines Gewitters. Das Bild vom Blitzableiter in Zusammenhang mit Max war übrigens eine Idee der doppelzüngigen Schönheit. (So nannte man im Café de France den Hofklarinettisten Zacharias Jacoubi, der sich seit zwanzig Jahren erotisch weder für Frauen noch für Männer interessierte und sein makelloses Aussehen an die Enthaltsamkeit verschwendete, weil er sicher war, daß all seine Leidenschaft dem Musizieren gehören sollte.) Ich mochte Max, weil er aus unerfindlichen Gründen stets nach gerösteten Haselnüssen duftete. Er trieb Handel mit Korallen und Bernstein, aber sein Wesen bestimmte ihn zum Opfer unredlicher, nur auf eigenen Vorteil bedachter Kaufleute. Die meisten seiner Geschäfte waren daher Verlustgeschäfte, und auf meine Frage: »Wovon lebst du eigentlich?«, antwortete er: »Von den Augenblicken, wo das Pech zu müde ist, um sich mir zu widmen.«

Allerdings gibt es unter Damen, interessanterweise vornehmlich unter solchen anmutiger Natur, gewisse Ambitionen, Menschen wie Max zu retten. Aus Teilchen von Mütterlichkeit, Samaritertum und Betulichkeit schaffen sie eine Art Sandsack, der den Gefährdeten vor den Flutwellen seines Schicksals bewahren soll. Ein aussichtsloses Unterfangen, das für gewöhnlich in einem Wutanfall der zur Retterin Berufenen gipfelt, die ihrem Opfer nicht verzeihen kann, daß es wahrscheinlich doch ganz und für immer der Rettungslosigkeit gehört. Für den Unglücksraben bleibt am Schluß meist nur ein Ausstellungsstück mehr in seiner Sammlung körperlicher und seelischer Tiefschläge. So hantelte sich Max von einer Retterin zur nächsten, und wenn dadurch auch kein innerer Friede und keine erfüllte Sinnlichkeit entstand, so lernte er immerhin, welche Arten von Zorn und Ausfälligkeiten oft gerade hinter der Fassade ausgesuchter Güte ihren Auftritt erwarten.

Er selbst war von unerschütterlicher melancholischer Sanftmut, und arrogante Gäste des Kaffeehauses nannten ihn deshalb mitunter »einen Trottel«. Aber zweimal im Jahr, Anfang Mai und Mitte Oktober, stürzte sich aus lichten Höhen ein Engel kopfüber in den Geist von Max und nahm dort ein oder zwei Tage Aufenthalt und hob ihn über die Wehmut und über das Mißgeschick.

Dann prallten die Retterinnen von Max zurück, die Arroganten lobten seine Gedankentiefe, die betrügerischen Kaufleute verharrten in stummem Respekt vor seiner Tüchtigkeit, und er selbst lachte das großzügige Lachen desjenigen, der im Einklang mit Gott und der Welt ist. An solch einem Tag lud ich Max zu Taubenpastete in das Restaurant eines gemeinsamen Bekannten in die alte Stadt ein. Wir saßen im Innenhof eines ehemaligen Harems, der seine Kühle den hohen, mosaiküberstäten Mauern, zwei Brunnen und vier Mandelbäumen verdankte.

»Wie kommt dir der Engel vor?« fragte ich.

»Im Mund wie süße Trauben aus Meknes, in den Augen wie der Anblick des Meeres vor der Festung Mogador, in den Händen wie Samt aus den königlichen Tuchkammern und im Herzen wie der Gesang der Oum Kaltsum.«

»Weißt du, warum der Engel in dich stürzt?« wollte ich wissen.

»Das erste, was er mich gelehrt hat, war, mich vom Warum zu trennen. Er stürzt in mich, weil es so ist. Und es ist so, weil es so sein soll.«

Später tranken wir Pfefferminztee und schwiegen. Noch später sahen wir am Himmel über dem Minarett und der Koutoubia eine Maschine der königlichen Luftwaffe Loopings fliegen.

Zuletzt dachte ich für Augenblicke, ich selbst sei Max.

HÄNDE

Hände. Die schönsten, an die ich mich erinnere, hatte mein Freund Matteo. Der war Kunsttischler und Schnitzer in Venedig. Für Johannes XXIII. hatte er zwei Bischofsstäbe geliefert, als der noch Patriarch der Serenissima war. Auch viele der Holzarabesken auf den Prachtgondeln, die den Geleitschutz der Regatta storica bilden, stammen von ihm. Matteo war eine Erscheinung im Stil von El Greco. Die Hände salbte er mehrere Male täglich mit Olivenöl. Dazu flüsterte er Segenswünsche für das Gelingen seiner Arbeit. Einmal hörte ich ihn sagen: »Möge alles, was ich tue, den Wäldern und den Frauen zur Ehre gereichen.«

Hände. Jene der Jesuiten im Kollegium Kalksburg konnten vor allem uns Zöglinge prügeln. Den Präfekten Mikloshazy sehe ich vor mir. Seine Rechte stürzt ohne Vorwarnung in mein Gesicht. Dann läßt er sie für einige Sekunden dort liegen. Immer schlug er und ließ die Hand am Geschlagenen ein wenig ausruhen. Seine Finger rochen nach nassen Zeitungen, und seine Nägel waren brüchig. Wenn mich mein Vater schlug, in den Ferien oder bei seinen seltenen Besuchen im Internat, bemerkte ich, daß seine Haut parfümiert war. Das schien mir damals noch widerlicher als die Ungewaschenheit des

Präfekten. Im Traum begegne ich mir gelegentlich als elegante Shiva mit mehreren Armen. Die nütze ich dann stets, um Vater von allen Seiten zu ohrfeigen. In kurzer Zeit entsteht daraus ein rhythmisches Klatschen nach Art der Flamenco-Tänzer. Manchmal verwandelt sich Vater dann in eine Trommel, und dieses Instrument und ich singen und klingen, daß ich noch Stunden nach dem Erwachen mit inniger Zufriedenheit erfüllt bin.

Hände. Prasana Rao hieß der bedeutendste Schattenspieler Indiens. Ehe er an schwerer Arthritis erkrankte, trat er in Bombay, Delhi oder Kalkutta in Stadien vor Tausenden Zusehern auf, die ihn als Heiligen verehrten. Mit dem Schein einer Lampe und zehn Fingern schuf er Soldaten und Vulkane, Kutschen und Krokodile, Gottheiten der Wut und der Liebe. Seine Hände waren Zaubergefäße, denen er je nach Laune das Komische und das Erschreckende entnahm, das Erhabene und das Lächerliche. 1993 trat er am Broadway in meiner Show Wonderhouse auf. Am Tag vor der Premiere spazierten wir durch den Central Park. Unter einer Rotbuche lag eine schlafende Frau, die mit einem Bikini bekleidet war. Auf ihrem Brustkorb bildete die durch Zweige sickernde Sonne einen asymmetrischen hellen Fleck. »Welch schöne Bühne«, sagte Rao. Dann hielt er die Hände in die Lichtstrahlen und veranstaltete aus etwa drei Meter Entfernung auf der Nichtsahnenden ein Rennen winziger Kamele. Als nächstes ließ er das Profil Pandith Nehrus auf ihr entstehen, und zuletzt baute er den Schattenriß des Taj Mahal genau in ihre Magengrube, denn die Sonne war inzwischen ein wenig gewandert. »Dies ist eine

Privatvorstellung für die Engel von Manhattan«, bemerkte er zufrieden, »sie krallen sich in den Lüften fest und sind bestimmt dankbar für jede Abwechslung.«

Hände. In dem Wiener Gymnasium, dessen Schüler ich nach dem Hinauswurf bei den Jesuiten wurde, gab es den einarmigen Deutschprofessor Stremner. Er war Kriegsinvalide und bestand aus nichts als Güte. In Gedanken habe ich häufig seine fehlende Hand angestarrt, ihren Fingern Ringe angesteckt oder ihnen mit Gebetsriemen das Blut abgeschnürt, bis alle Farbe aus ihnen wich. Auch Glutbrocken konnte ich auf ihre Lebenslinien legen und mit Tusche die Namen von Schlagersängern hineinschreiben. Einmal, in der fünften Klasse, fragte mich der Herr Professor: »Warum schaust du so abwesend?« Ich antwortete: »Ihre fehlende Hand und ich spielen gerade Mikado. Noch zwei Stäbchen und Sie haben gewonnen. Es ist allerdings unfair. Ihre Hand zittert so viel weniger als meine.« Er sagte nur: »Geduld. Wenn du halbwegs fleißig bist, kannst du die Schule in drei Jahren verlassen.«

DAMALS

Das Etablissement hieß »Feigls Weltschau« und war nicht mehr als eine mittelgroße Bretterbude mit einem Fassadengemälde, das den Wundersüchtigen üppige Nahrung versprach. Einäugige Riesen und boxende Kängurus, Sioux-Indianer und siamesische Zwillinge waren affichiert. Meine schöne Großmutter sagte: »Je mehr sie versprechen, desto weniger halten sie.« Aber ich bestand mit all der Beharrlichkeit eines neugierigen Siebenjährigen auf dem Besuch, und Minuten später saßen wir auf groben Holzbänken in der Dämmerung eines staubigen Zuschauerraumes. Ein tirolerisch kostümierter Liliputaner spielte auf der Trompete den Donauwalzer. Dieser Vorgang verströmte Traurigkeit, so daß Großmutter sich an das Begräbnis des hochwürdigen Herrn Prior erinnert fühlte. »Am Weg zum Grab herrschte ein solches Donnerwetter, daß ich Angst hatte, ein Blitz könnte den von den Trägern hochgestemmten Sarg treffen, und der Prior wäre doppelt tot.« – »Sei still, Großmutter«, flüsterte ich ihr zu, »ich will nichts versäumen.« – »Man versäumt nie etwas, das wirst du schon noch merken«, flüsterte sie zurück. Jetzt verbeugte sich der winzige Tiroler, und dabei tropfte aus seinem Instrument ein wenig Spucke. Als nächstes wurde ein Duo angekündigt, das lebende Zierfische schlucken konnte und nach einer Minute ebenso lebend wieder ausspeien. Großmutter sagte sehr laut: »Tier- und Menschenquälerei.« Ein betrunkener Mann zwei Reihen hinter uns sang »O sole mio, wos macht denn die do!« und lachte ausführlich über seinen eigenen Scherz. Die beiden Künstler betraten die Bühne. »Es sind Chinesen«, flüsterte ich. »Ja, aus Ottakring«, war Großmutters Einschätzung. »Sie haben Schlitzaugen«, flüsterte ich. »Sie sind Schlitzohren«, flüsterte sie. Das Duo bestand aus einem korpulenten Glatzkopf und einem zopftragenden Geschöpf, dessen Geschlecht ich nicht klar erkennen konnte. Großmutter, die häufig in meinen Gedanken las, flüsterte: »Es ist das Fräulein von der Kassa. Vor zehn Minuten hat sie noch kurze blonde Haare gehabt.« Der Glatzkopf entnahm einer Milchkanne drei Fische in der Größe von Teelöffeln. Ihre Schwänze zuckten, während er an die Rampe trat, um das Publikum von der Lebendigkeit seiner Requisiten zu überzeugen. Jetzt riß er den Mund auf und verschlang unter Anfeuerungen seiner Partnerin eins nach dem anderen die Tiere. Der Betrunkene rief: »Da, Jonas schluckt den Walfisch! Des is amol was anders! Hearst, Jonas, tua ma an G'falln, schluck nur für mi die schiache chinesische Krot neben dir, daß ich's nimmer siech, des Raskachl.« Die Beschimpfte ließ alles China China sein und tobte: »Halt die Pappn, du Bsuff, du Kunstbanause.« – »Scheanglate Pissoirforelln!« konterte der Betrunkene. Inmitten des Tumults versuchte der Artist, die Fische wieder aus dem Magen heraufzuwürgen, aber auf Grund der mangelnden Konzentration verlief die Vorführung nicht ordnungsgemäß. Er begann zu röcheln, stocherte sich panisch mit den Fingern im Mund herum, hüpfte mehrere Male, röchelte noch stärker und wurde schließlich blau im Gesicht. »Marantjosef, Fritzi, derstick mir net!« schrie die Assistentin. »Hau eahm am Buckl«, schrie der Betrunkene. Großmutter sagte: »Avanti, wir gehen auf der Stelle.« Dann zerrte sie mich am Arm aus der Schaubude. Ich sah gerade noch, wie der Chinese zu Boden stürzte, und hörte die Worte des Betrunkenen: »Des is amol ausnahmsweise sei Eintrittsgeld wert!« Auf der Straße streichelte mir Großmutter über den Hinterkopf und meinte beschwörend: »Das war alles nur ein lächerlicher Traum.« Von diesem Tag an interessierte ich mich für das Varieté.

DER BRIEF

Es war das erste Mal, daß ich sah, wie Katzen das Blut eines Menschen aufleckten. Den Toten selbst hatte man schon in die Leichenkammer gebracht. Wegen der großen Hitze würde man ihn spätestens übermorgen beerdigen. In dieser Gegend Andalusiens werden Obduktionen nur an reichen Leuten vorgenommen, und selbst bei Ermordeten weicht man von dieser Regel nicht ab. Irgendwo in den großen Städten werden Gesetze beschlossen und Anweisungen erteilt, aber weitab in den Hinterhöfen der Landschaft, den nicht elektrifizierten Tälern und in jenen über die Kuppen verstreuten Siedlungen, die der Postbote nur alle vierzehn Tage besucht, ist die große Stadt ein Nichts und ihre Gedanken, Wünsche oder Befehle das Nichts von einem Nichts. Außer den Katzen und mir schien sich niemand für den Tatort zu interessieren. Es ist reine Wichtigtuerei, daß ich »Tatort« schreibe. Vielleicht war es bloß die »Unfallstelle«, und alles war mit rechten Dingen zugegangen, sofern man gewillt ist, den Sturz von einem Hausdach zu den rechten Dingen zu zählen. Die Wahrheit ist, ich weiß nicht genau, was geschah. Ich weiß nur, daß ich etwa zwei Meter von der Stelle des Aufpralls entfernt im Geäst eines Ginsterstrauches ein Kuvert mit eng beschriebenen

Teilen eines längeren Briefes fand. Ob dieser Brief überhaupt dem Toten gehörte, von seiner Hand stammt oder ihn zum Adressaten hat, ist im Grunde nicht von Bedeutung. In meiner Phantasie allerdings bringe ich das Schreiben mit dem Blut in Verbindung, an dem die Katzen leckten. Aber meine Phantasie ist meine Phantasie. Was ich las, wirkte damals auf mich in der kargen Umgebung, die so etwas wie die äußerste Gelassenheit der Natur zum Ausdruck brachte, durchaus verschroben und kapriziös. Im nachhinein verliert der Vorfall insgesamt an Wucht, aber da ich nun bereits von ihm erzählt habe, will ich auch das gefundene Schreiben anfügen, nicht ohne auf die Vergebung der für die Diskretion zuständigen Götter zu hoffen.

»Verehrter Doktor«, beginnt es, »ich habe Ihnen nach unserem letzten, ein wenig aus der Bahn geratenen Gespräch in Aussicht gestellt, meine Sie anscheinend so sehr interessierenden Gedanken bezüglich der Frauen, der Liebe und den damit verbundenen Irrtümern, Lächerlichkeiten, Hoffnungen, Tragödien, Kuriositäten und dergleichen mehr aufzuschreiben. Nehmen Sie diese Blätter als Ausdruck ehrlichen Bemühens, das aber, wie mir von Anfang an bewußt ist, nur scheitern kann. Mir geht zuviel durch den Kopf, um es in der gebotenen Knappheit ordnen zu können. So muß es wohl eher eine Sammlung von Andeutungen und Stichworten sein, und Sie werden einmal mehr von mir enttäuscht, dem Sie stets so viel an Freundschaft und, wie mir scheinen mag, ungerechtfertigter Güte entgegenbringen. Nun aber zur Sache, mein Lieber. In den 62 Jahren, die mir bisher auf

Erden bestimmt waren, bin ich keinen fünf Paaren begegnet, die länger als sechs oder sieben Jahre miteinander glücklich lebten. Behauptet haben es viele, aber die Art, wie sie mit sich selbst und miteinander umgingen, die seelische Mattigkeit oder Überdrehtheit, das Stumpfe in ihren Augen, die Lieblosigkeit ihrer gegenseitigen Berührungen oder die vielen Ersatzhandlungen, ob es sich nun in Besäufnissen, Jammereien, Krankheiten oder in einem sich von jedweder Nähe Abschotten ausdrückte, redeten eine andere Sprache. Ich bin nicht klug genug, um die gültigste Antwort auf das Warum zu wissen, aber meine Vermutungen habe ich. Die christlichen Kirchen mit ihrer Moral, die in vieler Hinsicht keinerlei Kenntnis von der Entwicklung eines Menschen Rechnung tragen, sind sicherlich eine der sprudelndsten Quellen von Not und Verstörung. Im Grunde müßte man jedem jungen Wesen die Ehe so lange verbieten, bis es sich mit sich selbst wenigstens in Umrissen bekannt gemacht hat. Kein 20- oder 25jähriger hat das Rüstzeug, einzuschätzen, welcher Partner längerfristig als die liebevollste, richtigste Ergänzung zu ihm paßt. Eine weitere Ursache für das Scheitern so vieler Beziehungen scheint mir darin zu bestehen, daß die Vorteile oder Vortäuschungen des anderen die, wie es heißt, sonnige Seite seines Wesens für die entscheidende gehalten wird, bis man, im tagtäglichen der Schattenseite aus zahllosen Illusionen erwacht, den bitteren Geschmack aller Personen in der Mundhöhle, die den Großteil ihrer Kraft darauf verwenden, die Wahrheit vor sich selbst zu verheimlichen. Mit den Energien, die ihr mit Enttäuschtsein, Wut oder Interesselosigkeit vergeudet, könntet ihr eurem Leben schon eine gute Wendung geben, sollte man ihnen zurufen. Aber zumindest ich, lieber Doktor, bin nicht altruistisch genug für derlei Taten und vollauf damit zufrieden, daß ich es mir vor nunmehr 35 Jahren selbst in überzeugender Weise zurief. Ich entsinne mich genau, in der Badewanne eines gutbürgerlichen Hotelzimmers in Bilbao gelegen zu haben. In diese Stadt war ich in Geschäften gereist, die mir mein Vater, ein erfolgreicher Antiquitätenhändler, aufgetragen hatte. Zu jenem Zeitpunkt war ich noch ohne eigenen Beruf, und diese Einkaufstouren verbanden stets das Angenehme des Ortswechsels mit dem Nützlichen des Geldverdienens, denn mein Vater war großzügig. Ich betrachtete mich damals lange in dem über dem Fußende der Badewanne montierten Spiegel. Was ich sah, war ein für seine Jugend relativ alt wirkendes Gesicht, das nicht schön oder häßlich zu nennen, vielmehr von erstaunlicher Unauffälligkeit war. Ich schreibe erstaunlich, weil sowohl mein Vater wie auch meine Mutter genau das auf den Schultern trugen, was Charakterkopf genannt wird. Aber damals besaß ich ja auch noch gar keinen ausgeprägten Charakter, und heute ist mein Gesicht durchaus viel schärfer, in mancher Hinsicht wie eine Ansammlung von Entschlossenheiten. Mein Körper vermittelte wohl immer den Eindruck gewisser Sportlichkeit, obwohl ich außer Schwimmen und ausgedehnten Spaziergängen wenig für seine Gesundheit leiste. Kurzum, ich lag an jenem Morgen in Bilbao der Spiegelung eines ziemlich durchschnittlichen mittelgroßen Mannes gegenüber, dessen Hauptinteresse in der Mühelosigkeit bestand. Das Leben wurde von mir nicht gestaltet. Es ergab sich von Tag zu Tag, und manchmal besser und manchmal schlechter. Frauen interessierten mich, ich beobachtete sie gerne und häufig, aber diejenigen, die sich für mich interessierten oder sich mit mir einließen, waren von gerade jener Farblosigkeit, der nichts Begehrliches innewohnt. An jenem Morgen elektrisierte mich plötzlich die Erkenntnis, daß eine andere, aufregendere und befriedigendere Art von Dasein durchaus im Bereich des Möglichen lag, vorausgesetzt, ich würde zu einer handelnden Person. Jemand, der von anderen durch Fähigkeiten zu unterscheiden war, die Aufmerksamkeit erregten und Sympathien. Ich wünschte plötzlich innig, daß Menschen von mir sagen würden: ›Den müssen Sie kennenlernen. Das zahlt sich aus.‹ Aber ein Wunsch ist eine Sache und seine Verwirklichung bekanntlich eine ganz andere. Ich bin kein Schriftsteller. Ein Schriftsteller wüßte, wie man Übergänge schreibt und Entwicklungen. Wie etwas auf eine Lösung oder Erlösung zustrebt. Und welche inneren Prozesse etwas Unvorstellbares zu etwas Vorstellbarem werden lassen. Ich kann nur berichten, daß ich eines Tages ein erfolgreicher Liebhaber vieler und immer wieder anderer Frauen und Mädchen war. Dies kam nicht über Nacht, ich habe es mir durchaus erarbeitet. Wobei es mich bis zu meinem Tode verwundern wird, daß es zwar in jeder Universitätsstadt Lehrsäle gibt, in denen die Vielfalt und Eigenarten von Käfern oder Sternen erklärt werden, aber meines Wissens nicht eine Vorlesung über die Merkmale, Verhaltensweisen und Verschrobenheiten von erwachsenen weiblichen Personen, die bereit für ein Abenteuer oder für den Übertritt zu einem neuen Glauben sind. Denn dies war eine der frühen Erkenntnisse meiner Privatstudien, daß viele Frauen in Liebesgeschichten eintreten wie in eine Religion. Anfangs glaubte ich noch, das stimmt, was man den Halbwüchsigen zur Dämpfung ihrer Was-kostet-die-Welt-Hoffnungen erzählt: Daß nämlich das Feld den brillanten Draufgängern gehört und unsereins stets von einer Chancenlosigkeit in die nächste taumelt. Bald aber lernte ich die funkelnde Macht des Zuhörens kennen. Jeder Dritte oder Vierte – dies unterscheidet Frauen und Männer übrigens nicht – sucht ein Ohr, dem er sich offenbaren kann. Die Menschen sind so angefüllt mit Unausgesprochenem, und diejenigen, denen sie erzählen dürfen und von denen ihnen auch nur stummes Verständnis entgegenkommt, werden so rasch unersetzlich. Die brillanten Draufgänger besitzen häufig die Möglichkeit, so etwas Ähnliches wie Dammbrüche zu veranstalten. Was ich damit meine, ist, daß sie durch das Überwältigende ihrer Art und ihres Wesens Frauen in Wehrlosigkeit versetzen, die alle guten Vorsätze, ja alle Vernunft und Vorsicht auflöst. So sind sie zwar rasanter, gelegentlich schon bei der ersten Anstrengung am Ziel, aber sie bringen sich auch um die Süße des behutsamen Kennenlernens und um die vielen Nuancen, die unsere Phantasie bereithält, wenn wir ein Opfer lange umkreisen, genau beobachten und gewissermaßen eine Karte von ihm zeichnen. Dem liebevollen Zuhörer wird Vertrauen entgegengebracht, und auch wenn auf seiten der Frau zunächst nicht die geringste Absicht einer

Hingabe besteht, wirkt das Vertrauen mit der Zeit einlullend, und was der Filou durch Kühnheit und Attacke erobert, gleitet dem Vertrauten nach und nach zu. Nicht immer, aber erstaunlich oft, sollte ich wahrheitsgemäß hinzufügen. Aus eben diesem Phänomen erwächst ja auch die Macht der Psychiater und Psychotherapeuten über ihre Kunden. Eine Macht, der, wenn man den Berichten Glauben schenken darf, die Mehrzahl dieses Standes charakterlich nicht gerade gewachsen scheint. Mich, Gott sei Dank, behinderte bei meinem Vorhaben kein Berufsethos. Ich trat in der Rolle des Seelentrösters oder, wie Frauen untereinander gewisse Männer bezeichnen, als ›beste Freundin‹ in Erscheinung, und wenn später ein Verhältnis im Gange war, wurde diese die Ehemänner oder offiziellen Liebhaber zutiefst beruhigende Maskierung beibehalten. Ich könnte, wenn ich ein Geschöpf der Feder wäre, ein Buch darüber schreiben, welch Dummköpfe die meisten Männer sind. Speziell diejenigen, die selbst ihre Frauen betrügen, ermangeln zumeist jeder Vorstellungskraft, daß ihnen das gleiche widerfahren könnte. Oft, wenn einem Außenstehenden schon beim ersten Hinsehen vieles verdächtig vorkommen muß, erweist sich derjenige, mit dem man zusammenlebt, als blind oder er stellt sich blind. Denn auch dies ist eines der interessanteren und allgemein bekannten Phänomene, daß der Betrogene sich die Wahrheit selbst verheimlicht, um die darin enthaltene Kränkung nicht ausbrechen zu lassen. Natürlich wirkt sie aber im Unterbewußtsein, und so erinnern solche Personen häufig an jemand, der mitten im kältesten Winter, ein wenig verkrampft lächelnd, im Badeanzug spazierengeht. Und für gewöhnlich findet kein Passant den Mut, den vom Erfrieren Bedrohten auf die tatsächliche Jahreszeit aufmerksam zu machen. Es hat mich immer beunruhigt, in welch großer Anzahl Angehörige dieser Spezies gerade unter den Mächtigen und Erfolgreichen zu finden sind. Unser Wohl und Weh also von Figuren bestimmt wird, die keine klare, ernsthafte Beziehung zur Wirklichkeit haben. So mißtrauisch sie im Beruflichen, bei Vertragsabschlüssen und politischen Abkommen, ja selbst bei Lektüre von Nachrichten oder der Beurteilung von Geheimberichten sind, so naiv wähnen sie ihre Frauen bei der Maniküre, wenn sie im Bett des Liebhabers sind, oder bei der Fastenkur, wenn sie mit dem anderen urlauben. Es stimmt, daß viele Beziehungen mit Eklats enden, daß bald jede dritte Ehe geschieden ist, weil etwas auffliegt oder gestanden wurde, aber ich sage Ihnen, lieber, verehrter Doktor, man darf dies getrost als statistische Lappalien bezeichnen, gemessen an dem, was verheimlicht, vertuscht und verdrängt wird. Aber ich will mich nicht verzetteln und nicht allzuviel über die Männer räsonieren, obwohl man in jeder Frau sofort über die Männer in ihren Gedanken stolpert und vor dem vertrauenswürdigen Zuhörer zunächst immer jene Verwüstungen ausgebreitet werden, die Männer so bedenkenlos in den Frauen anrichten. Natürlich gibt es auch Millionen von durch Frauen verwüstete Männer, und ich beziehe mich hier lediglich auf die Taten von Ehefrauen und Geliebten und nicht auf jene der Mütter. Aber diese Täterinnen gehören nicht zu meinen Opfern oder, freundlicher ausgedrückt, Studienobjekten. Ich will allerdings nicht einmal ironisch den Eindruck erwecken, daß mich ein vorwiegend wissenschaftliches Interesse zu meinem sonderbaren Dasein lenkte. Es war und ist, wie ich schon erwähnte, die Möglichkeit, mich über das Durchschnittliche, Farblose in etwas Ungewöhnliches, fast möchte ich sagen Prächtiges zu erheben. Dennoch bleiben nach so vielen Jahren gewisse Erkenntnisse oder empirische Gewißheiten, die meinen Abenteuern einen quasi wissenschaftlichen Nebeneffekt verleihen. Manches davon mag relativ vielen Menschen bekannt sein, wie die Anfälligkeit alleingelassener Frauen an Ferienorten. Die Kraft der Sonne und die Schönheit der Natur im Zusammenspiel mit der Abwesenheit des Gewohnten erwecken logischerweise die Sehnsucht nach einer aktiveren Verbindung mit dem Glückseligen, das für die Mehrheit seinen Ausdruck in Liebesgeschichten findet. In solchen Situationen ist meine bewährteste Möglichkeit die des Spaziergangbegleiters. (Im Gehen ist übrigens das Zuhören insofern weniger anstrengend, als man den Redenden nicht ständig mit einem Interesse, das ja oft geheuchelt werden muß, ins Gesicht zu schauen hat.) Weniger bekannt sind wahrscheinlich die Anbahnungsmöglichkeiten in den Wartezimmern von Ärzten oder in den Gängen von Spitälern. Kranke oder besorgte weibliche Menschen sind in erhöhter Herzausschüttbereitschaft und von jenem Anlehnungsbedürfnis, das gewissen Ärzten, zu denen ich Sie, verehrter Herr Doktor, selbstverständlich nicht zähle, so ein erschöpfendes Doppel- oder Dreifachleben beschert. Manche meiner Sätze wirken auch auf mich äußerst zynisch, und so ist es nötig festzuhalten: ich bin davon überzeugt, daß die Frauen mit mir als Liebhaber keine schlechte Wahl treffen. Ich habe viel Geduld und die Gewißheit, daß Zärtlichkeit einen stabileren Wert darstellt, als jene gierigen Anfälle, die oft den Eindruck hinterlassen, man würde ineinander und aufeinander die sexuelle Notdurft verrichten. Anteilnahme, Behutsamkeit, aber zuoberst eine stete Bewunderung ist es, was von mir und meinesgleichen gewünscht wird. Damit man vor allem niemals an den erinnert, der mit einem betrogen wird. Noch etwas Wesentliches möchte ich erwähnen, das ein wenig delikat ist: Ein erfolgreicher Liebhaber muß darauf achten, stets appetitlich, wohlriechend und gepflegt zu sein. Doch all diese Anstrengungen werden auf das Großzügigste belohnt, indem man die Schönheit gewisser Leiber sieht und die geheimsten Gedanken, die Hingabe und Haltlosigkeit von Geschöpfen wahrnehmen darf, die nach den ungerechten, ungeschriebenen Gesetzen der Welt im Regelfall den brillanten Draufgängern vorbehalten sind oder jenen rabiaten Geld- oder Machtgeschöpfen, denen kaum etwas unerreichbar bleibt, außer vielleicht das Glück. Ungezählte begehrenswerte Frauen leben ja im Grunde als betrübliche Verschwendung. Die Männer, zu denen sie sich a priori hingezogen fühlen, sind nämlich häufig unfähig, ihren Facettenreichtum zu begreifen, während diejenigen, die in der Lage wären, ihnen die nötige Beachtung und das nötige Verständnis zu schenken, bei ihnen kaum jemals den Schimmer einer Chance besitzen. Warum dies dermaßen dumm eingerichtet ist, hat natürlich mit dem vorherrschenden Bewußtsein zu tun, und diesbezüglich, wie wir, lieber Doktor, sicherlich übereinstimmen, ist unsere Gesellschaft ja in noch verheerenderen Generalumständen als etwa bei der Hygiene. Ich bete allerdings darum, daß dieser traurige Zustand zumindest noch zehn Jahre anhält, denn wären die Menschen in der Lage, sich die idealen Partner zu wählen, bestände kein Bedürfnis für einen wie mich, und ich wäre daran gehindert, meine unvergleichlichen Expeditionen unternehmen zu können. Glauben Sie mir, verehrter Doktor, nichts ist so interessant wie die Frauen der anderen, denn man blickt ja durch sie nicht nur in ihr eigenes Schicksal, sondern durch sie hindurch in etwas, das für einen Voyeur wie mich zusätzlichen Genuß bereithält: die Schicksale ihrer Männer. Man könnte es mit der Lektüre eines spannenden und interessanten Romans vergleichen, bei dem man der Handlung gelegentlich selbst eine Wendung geben darf. Sie müssen wissen, daß nämlich viele der Frauen, während sie meine Geliebten waren, weiterhin von ihren Partnerschaftsproblemen, den Problemen ihrer Männer, kurzum von den intimsten Details ihrer Familien berichteten. Sie taten häufig so, als wäre ich nach wie vor nichts anderes als der platonische Vertraute und Ratgeber. Ich will Ihnen auch nicht verschweigen, daß es vorkam, daß ich während des Liebesspiels mit dem Namen des Ehemannes oder offiziellen Geliebten angesprochen wurde, und die Frauen sich offenbar der Illusion hingaben, ich wäre der andere. Wahrscheinlich wollen Sie, lieber Freund, wissen, ob mich derlei stört. Ich antworte mit nein. Ganz im Ge-

genteil, ich zähle ja nicht zu denen, die stets um ihrer selbst willen geliebt werden möchten, sondern vorwiegend drängt es mich, Zeuge des Fremden zu sein, und von jeher brachten jene Reisenden, die authentischsten und unerhörtesten Berichte nach Hause, die sich in der Verkleidung der Einheimischen unter die Menge mischten. Nur daß in meinem Fall vom Kuriosum zu berichten ist, daß die Einheimischen genau wissen, daß ich keiner der ihren bin und sie selbst mich mit ihren Kostümen ausstatten, um in mir einen Einheimischen sehen zu können und um sich solcherart, selbst getäuscht, ungezwungen zu benehmen. Das Ergebnis bleibt gleich: Ich bringe von diesen Reisen authentische und unerhörte Berichte nach Hause.

Nun aber doch zu jener merkwürdigen Begebenheit, die Sie, lieber Doktor, vergangenen Dienstag so sehr interessierte, daß ich für einen Augenblick glaubte, Sie wären selbst in sie verstrickt. Jene Dame, deren Name ich, da sie aus Deutschland stammt, Gertrud nennen will, lernte ich auf einem Flug von Madrid nach Zürich kennen. Sie saß neben mir und lachte immer wieder laut über das auf, was sie in einem Buch las. Ich glaube nicht, daß Perlhühner lachen, aber vieles an dieser durchaus anmutigen Person erinnerte mich an solch ein Tier. Ich sagte ihr auf englisch, daß ich den Autor ihrer Lektüre um seine Fähigkeit, sie derart zu amüsieren, beneiden würde. Sie antwortete lediglich: »Ich werde mich bemühen, verhaltener zu lachen.« Sie wissen, was dann abends in Zürich geschah. Ich möchte Ihnen nur noch einmal erzählen und ohne Ihre erstaunten Augen als mein Gegenüber, daß Gertruds Körper eine derart hohe Temperatur besaß, daß ich aufschrie, als wir einander erstmals nackt umarmten. Sie sagte besänftigend: ›Du gewöhnst dich daran‹, aber es blieb wie das Berühren einer glühenden Herdplatte. Meine Lust wurde, wie man sich vorstellen kann, in Fassungslosigkeit und Furcht verwandelt. ›Was ist es?‹ fragte ich sie. ›Es kommt vom Stürzen‹, sagte sie, ›wie wenn ein Meteorit in die Erdatmosphäre eintritt und ohne Hitzeschild verglüht, oder ein Satellit, dessen Äußeres, wenn er zur Heimat zurückkehrt, eine Fieberprobe bestehen muß. Wenn ich mich dem Wunderbaren nähere, beginnt dieses Stürzen und beginnt das Aufheizen.‹

›Ich bin nicht das Wunderbare, und nichts an mir ist wunderbar‹, warf ich beinahe empört ein. ›Doch‹, sagte sie, ›meine Wahrnehmungen können nicht irren oder täuschen. Dies ist ein Teil des Paktes, den …‹«

An dieser Stelle enden die Aufzeichnungen, die ich im Geäst des Ginsterstrauches fand. Am nächsten Tag machte ich mich noch einmal auf die Suche nach den fehlenden Briefseiten. Aber alles, was ich entdeckte, war, am gestampften Erdboden rechts neben der Haustür, eine Melone, in die jemand die Worte ›lo sabe‹ geritzt hatte.

ONKEL PLUMPS

Als Onkel Plumps aus der Emigration in Montevideo 1954 erstmals wieder für wenige Wochen nach Wien zurückkehrte, brachte er dreizehn eindrucksvolle Dinge mit. Einen elektrischen Reisephonographen, zehn Tango-Schellack-Platten mit Aufnahmen des Sängers Carlos Gardell, die Überzeugung, daß alle Fußgänger im ersten Bezirk Nazis waren, die man ohrfeigen sollte, sowie eine Gonorrhöe, an der nach seiner Abreise plötzlich mein Kindermädchen laborierte. Onkel Plumps hieß Plumps, weil er als Fünfjähriger während der Sommerfrische einmal in ein Plumpsklo gefallen war, was meinen Vater unbeirrbar glauben ließ, daß damals der Inhalt des Onkel-Gehirns mit jenem der Senkgrube vermengt wurde. »Plumps ist ein Scheißkerl und hat nichts als Kacke im Kopf.« – »Pas devant les enfants«, zischte ihm Mama entgegen und fügte auf deutsch hinzu: »Neid ist keine Tugend.« Tatsächlich gab es viele Gründe, Onkel Plumps zu beneiden. Er besaß Zimtplantagen in Argentinien, die Generalvertretung für Chevrolet-Automobile in Uruguay und einen verschrobenen Humor, der mir bis dahin in unserer Familie unbekannt gewesen war. Zu einem Gespräch mit dem österreichischen Handelsminister im Café Imperial erschien er im Kostüm eines Gauchos und schlug dem Oberkellner mittels einer Peitsche ein Salzstangerl aus dem Mund, das er ihn, gegen ein hohes Trinkgeld, verpflichtet hatte, mit den Zähnen wie eine Zigarre zu halten. Auch versetzte ihn Wien, ab dem zweiten Tag, in eine Art Handkußraserei, die nichts als die camouflierte Ohrfeigenlust zur Nazibestrafung war. Wohin er auch ging, zu den Gemüsehändlerinnen des Naschmarktes oder den Billeteuren der Theater, er küßte ihnen überfallsartig die Hand und sagte: »Der Schlag soll Sie treffen für die Zeit von 38 bis 45.« Ich weiß das, weil ich mich als einziger aus der Familie gelegentlich bereit erklärte, ihn zu begleiten. So war ich auch dabei, als er beim Handküssen vor der Michaelerkirche an einen rüstigen Pater geriet. Der schmiß als Reaktion Onkel Plumps sein Brevierbuch mit solcher Heftigkeit an die Stirne, daß die eingelegten Heiligenbilder im Umkreis von einigen Metern auf das Trottoir flatterten. »Ich war beim Widerstand, Sie Trottel«, schrie der Gottesmann und setzte weniger laut hinzu: »Mein ist die Rache, spricht der Herr.« – »Ich bin ein Herr«, antwortete Onkel Plumps süffisant, »aber wenn Sie wirklich beim Widerstand waren und nicht nur bei jenem, der in Radioapparaten eingebaut ist, dann wird Ihnen mein kleiner Neffe die Heiligenbilder natürlich sorgfältig einsammeln.« So lernte ich in jungen Jahren den Boden vor der Michaelerkirche aus nächster Nähe kennen. Dann lud Onkel Plumps den Pater zu einem Versöhnungsessen in den Mattschakerhof. Das Essen bestand aber lediglich aus Slibowitz. Der Pater erzählte, daß er vor seinem Theologiestudium Sportringer gewesen sei, und mein

Onkel sagte: »Ich war auch Ringer. In der Schülermannschaft der Hakoa. Schaun wir, welcher Gott stärker ist, der jüdische oder der katholische.« Dann, nachdem sie noch einen Slibowitz gekippt hatten, begannen sie zwischen den Wirtshaustischen Kräfte zu messen. Zunächst hielten sie sich noch keuchend und im Stehen umklammert, aber plötzlich riß der Pater meinen Onkel hoch und schleuderte ihn auf die Schankbudel. Das nächste, was ich sah, war, daß Plumps etwas Großes ausspuckte, was sich als sein Gebiß herausstellte. Der Pater sagte: »Der Vatikan hat gesiegt«, und streifte sich den Talar zurecht. Onkel Plumps sagte ein wenig unverständlich: »Sie sind ja doch ein Nazi.« Aber dann, nachdem er sich seine Zähne wieder einverleibt hatte, fügte er zu meiner Erleichterung hinzu: »Sie müssen wissen: In unserer Familie waren und sind alle schlechte Verlierer. Und ich bin aus unserer Familie.«

WAS WANN?

Wer zu Traurigkeiten neigt, sollte Orte besonderer Schönheit meiden. Das Gelungene einer Landschaft oder eines Bauwerks bildet einen Hintergrund, vor dem das Mißlungene der eigenen Stimmung scharfe Kontur erhält. Verlassene Liebende oder Menschen, die von den Folgen eines Todesfalles überschattet sind, dürfen sich von den Fenstern der Reimser Kathedrale ebensowenig Hilfe erwarten wie von den verschachtelten Ausblicken der Anden. Selbst die Kunst der Fuge eines Johann Sebastian Bach oder die Heiterkeit mancher Mozartschen Tonfolgen dient dem Trostlosen bestenfalls als eine Art musikalischer Dornenkrone.

Ich weiß, wovon ich schreibe, weil meine Reisen mich immer wieder in Fallen locken, die aus nichts als Anmut und Sinnlichkeit bestehen, in deren Mitte ich dann für Stunden oder Tage versteinert und elend dem Bann der Mutlosigkeit gehöre.

So erinnere ich mich an jene Villa Santo Sospir, die Jean Cocteau für seine Verbündete Francine Weißweiler nahe dem Leuchtturm von Cap Ferat als gemauerte und gemalte Erzählung südlicher Mythen entwarf. Ich sehe mich dort als Gast im August und September 1978. Neben meinem Bett im verdunkelten Zimmer das Schimmern einer keramischen Tischlampe von Picasso. Darüber an der Wand das Porträt des jungen Cocteau von Modigliani, in der Schreibtischlade Briefe Chaplins, Aragons und Légers.

Ich empfinde dies aber alles als Belästigung, weil sich Monika umgebracht hat. Monika war das Mädchen, das der chinesische Artist im Zirkus Roncalli zweimal täglich um Haaresbreite mit seinen brennenden Messern verfehlte. Monika war eine Zigeunerin vom Stamme der Roma. Ehe sie Nummerngirl und Zaubererassistentin wurde, hatte sie als Barfrau gearbeitet, und davor vazierte sie bis zu ihrem achtzehnten Jahr mit ihrer Familie im Wohnwagen über die Dörfer. An den Nachmittagen mußten sie und ihre Geschwister monoton Hunderte Bic-Kugelschreiber auf ihre Tauglichkeit überprüfen. Sie nannten das »Einkritzeln«. Der Vater war nämlich Kugelschreibervertreter und seine größte Sorge, daß der Farbstoff in den Minen vertrocknet oder blockiert sein könnte. Immer hatten die Kinder blaue oder rote, schwarze oder grüne Hände, je nachdem, welche Sorten gerade erprobt wurden, denn unter hundert Bic patzten mindestens zwei oder rannen aus.

Monika war vom Balkon einer Wohnung im elften Stock des Hochhauses in der Wiener Herrengasse in die Tiefe gesprungen.

In ihrem Abschiedsbrief an mich standen die Worte: »Verzeih mir das Böse, das du mir angetan hast.«

Alles, woran ich bisher geglaubt hatte, von der Wichtigkeit des Theaters über das Ersehnenswerte des Ruhmes, von der Klugheit Pascals und Wittgensteins zu den Bewegungen balinesischer Tänzerinnen verlor innerhalb jener Sekunden, da mir die schreckliche Wahrheit ihres unwiderruflichen Abschieds bewußt wurde, seine Macht. Am folgenden Tag begann ich meine Kunstsammlung wahllos zu verschenken und reiste bald darauf nach Amerika, wo ich lediglich in letztklassigen Motels logierte, deren Scheußlichkeit mir als Teil der gerechten Strafe für das Verbrechen, dessen mich der Tod des Mädchens anklagte, erschien.

Solange ich in Einöden, Kaschemmen, Betonwüsten und anderen Grobheiten Aufenthalt nahm, war ich halbwegs imstande, das seelische Gleichgewicht zu halten. Ab dem Zeitpunkt, da eine wohlmeinende Freundin mich nach Europa und in das Elysium Santo Sospir gelockt hatte, entblößte mich aber die dort versammelte Qualität von jedem Schutz und drückte mich in den Staub. Ähnlich erging es mir in Abstufungen und aus den unterschiedlichsten Ursachen und in andren Jahren auch noch auf Korfu, in Sevilla und St. Petersburg, bei Spaziergängen auf dem Vesuv, durch das Nympheum Monets in der Pariser Orangerie und durch die labyrinthischen Anlagen des Shivnivas-Palastes im indischen Udaipur. Jedesmal wünschte ich mich an das Ende der Welt in eine Art Lazarett für Prachtgeschädigte.

Jetzt gerade schaue ich vom Dach des Café de France in Marrakesch auf das Rauchgekräusel der improvisierten Restaurants des Djemal El Fnah. Es ist zwanzig Uhr. Das Trommeln und die gutturalen Anrufungen der Fröhlichkeitsgeister durch muschelbestickte Musikanten und Tänzer webt mit dem Glockengeläute der Wasserverkäufer und dem Stimmenkonzert der Märchenerzähler, Wunderheiler, Schlangenbeschwörer, Wahrsager und Koranprediger ein Klangmuster von einzigartiger Intensität und Rauschhaftigkeit. Jedem beseelten Wesen öffnet sich hier ein Tor in Erfahrungen, die den Abenteurern des 16. oder 17. Jahrhunderts vorbehalten schienen. Es ist, als hätte sich das Vergangene eine Enklave geschaffen, die allen Gesetzen des Wandels trotzig widersteht.

Und wieder muß ich bekennen, daß mich der Blick durch die Nylonvorhänge eines Vorstadtespressos in die verregnete Banalität von Rüsselsheim oder Leoben den Angriffen der Würgeengel meiner Melancholien gegenüber um ein Vielfaches standhafter sein ließ. Aber die Besuche der Engel finden nach unergründlichen Gesetzen unangemeldet statt. So muß einer wie ich stets damit rechnen, am falschen Ort zu sein. Denn im Normalfall macht mich Leoben traurig und im Ausnahmefall Marrakesch.

DER SPRUNG IN DEN HIMMEL

Ramón war der schwierigste Fall in der psychiatrischen Klinik von Cadiz. Niemand, nicht einmal der Direktor des Instituts, sagte übrigens psychiatrische Klinik, alle verwendeten noch das Wort Irrenhaus. Von den Patienten sprachen sie als Vulkane. Erloschene, ruhende oder tätige Vulkane.

Ramón war immerzu tätig. Er spie seine inneren Zustände, seine Gewißheiten und Vermutungen, in jedem wachen Augenblick aus, und kein Medikament brachte die Uhr seiner Rasereien zum Stehen. Natürlich bändigten bestimmte Drogen vorübergehend seine Motorik, seinen Redefluß, sein Wutgetöse, aber nur in dem Sinn, wie ein Deckel den Dampf einsperrt, bis er vom Überdruck weggeschleudert wird. Höhere Dosierungen hätte Ramóns Körper nicht entgiften können, und so wirkte er inmitten der anhaltenden Mattheit und Langsamkeit der anderen Patienten häufig, als wäre er der Stellvertreter all ihrer Lebendigkeiten.

Ramóns Leiden war, daß er unter dem Eindruck stand, Hunderte Male am Tag neu gefaltet zu werden. Wie ein Blatt Papier oder eine Serviette, deren sich die Hände eines Hypernervösen bemächtigt hatten. Überall spürte er unangenehme Knicke und sehnte sich nach nichts mehr als nach vollkommener, unangetasteter Glätte. Als Verursacher kamen für ihn entweder Bewohner der Gischt des nahen Meeres oder ein gewisser Louis del Monte in Frage. Oft hatte Ramón schon darum gebeten, tiefer ins Landesinnere gebracht zu werden, wenn möglich nach Sevilla, weil der lange Arm der Gischtgeister nicht so weit reichen konnte und auch der Getreidehändler del Monte dort keine Interessen besaß. Aber die Ärzte wiesen seine Wünsche ab, und manchmal dachte er, sie stünden im Sold seiner Quäler. Dann schrieb Ramón Briefe an die Königin von Spanien, deren Herzensgüte über jedem Gesetz und selbst über der Allmacht der Ärzte stand, und erflehte ihren Beistand. Aber er erhielt nie Antwort, und daran waren mit Sicherheit wieder die Gischtgeister oder del Monte schuld, die, wie er vermutete, in der Umgebung der Anstalt Fallgruben für Briefträger errichtet hatten.

Dreizehn Jahre dauerte dieser schreckliche Zustand bereits. Anfänglich waren noch seine Eltern auf Besuch gekommen, später nur mehr die Schwester, dann löste sich alle Verwandtschaft in Luft auf. Er roch sie nur noch gelegentlich, wenn der Wind aus Richtung Afrika blies. Was sie dort zu schaffen hatten, war ihm ein Rätsel. Ebenso, warum alle Speisen nach Wermut schmeckten. Oder warum er immer deutlich den ganzen Mond sah, auch wenn der laut Kalender im Ab- oder Zunehmen begriffen war. Unmöglich, daß ihm seine Einbildung Streiche spielte, und noch dazu größtenteils traurige. Daß es unterschiedliche Wirklichkeiten gab, konnte er gelten lassen. Die Ärzte aber dachten nicht so. Ihr Beruf bestand aus dem steten Versuch, ihn ganz in ihre Wirklichkeit zu holen und dort zu verankern. Es mußte ihm gelingen, ihnen für immer zu entschlüpfen.

Also suchte Ramón Rat bei den glitschigen Dingen. Stundenlang betrachtete und betastete er nasse Fische, Seifen und Schmieröl. Mit letzterem bedeckte er dann eines Nachts seinen Körper und fing zu lärmen an, bis die Pfleger alarmiert herbeirannten.

»Ich entschlüpfe euch«, schrie er, »es gibt kein Halten mehr!«

Aber sie warfen eine Decke über ihn und verschnürten das zuckende Bündel, und bald war wieder alles beim alten.

Monate vergingen, und die Hitze Andalusiens kochte die Eier in den Ärschen der Hennen, wie der Kaplan zu sagen pflegte. Viele Patienten rieben den Rücken an den kühlen Wänden des ehemaligen Klosters, das sie bewohnten. Einer rieb sich blutig und hinterließ auf dem Mauerkalk ein seltsames rötliches Bild, das Ramón als Schlüssel deutete.

›Damit werde ich das Paradies aufsperren‹, dachte er.

Aber weder wußte er, wo das Paradies war, noch, wie er den Schlüssel materialisieren konnte. Er schlug mit dem Kopf an das Fresko und hoffte, es auf diese Art in sich zu übertragen. Es mißlang. Dann kratzte er es von der Wand und aß es, und es war das erste seit einer halben Ewigkeit, das nicht nach Wermut schmeckte.

›Der Schlüssel selbst ist das Paradies‹, dachte er.

Sein nächster Einfall war, sich mittels des Paradieses

abzuschließen. Er machte ein paar drehende Handbewegungen über den Augen, den Ohren, dem Mund und der Nase. Jetzt hatte ihn der Schlüssel vollends von der Welt der anderen getrennt.

»Hoffentlich ist es so«, seufzte er.

Ramón wartete, ob man ihn falte, aber nichts dergleichen geschah. Auch andere Patienten waren nicht zu bemerken. Auch die Ärzte und Pfleger gab es nicht mehr. Er mißtraute dem Glück und zählte langsam bis zehntausend. Dann erst begann er die Wandlung zu glauben. Ganz in sich und bei sich war er. Den Paradiesschlüssel, oder besser das Schlüsselparadies, mußte ihm die Königin von Spanien über geheime Wege gesandt haben. Er wollte ihr augenblicklich einen Dankbarkeitssaal in seinem Körper errichten. Am besten gleich neben der Milz. Und in der Leber würde er künftig eine Sternwarte betreiben und geduldig in seinen Adern reisen, bis er die entferntesten Winkel seines Reiches kannte, vom Scheitel bis zur Sohle. Schon zündete Ramón die Lichter im Dankbarkeitssaal an. Sie brachen sich in den zahllosen Facetten der geschliffenen Spiegel, die den Raum begrenzten.

Aus jedem Blickwinkel bemerkte er die grotesk verzerrte Königin, die sich herabließ, persönlich sein Geschenk zu inspizieren. Von überall streckten sich ihm ihre mit Seidenbändern umwickelten Finger entgegen. Er küßte sie und küßte sie immer wieder aufs neue, bis die Lichter verloschen. Dann versetzte ihn die Regelmäßigkeit seines Pulsschlags in Trance und seine Kindheit stieg aus der Vergangenheit. In einem einzigen Erlebnis war sie zusammengefaßt, und dieses Erlebnis wiederholte sich, als wäre jetzt damals und damals jetzt:

Mit seinem Vater sitzt er auf einer der Steinbänke der kleinen Stierkampfarena seines Heimatortes. Eine Begeisterung hat die anderen Zuschauer erfaßt, der Ramón noch nie begegnet ist. Sie werfen Hüte und Kappen in die Luft. Sie umarmen einander. Sie rufen Worte, deren Bedeutung ihm fremd ist. Plötzlich brausen sie auf. Es klingt wie Sturm, der in Tausende Wäschestücke fährt. Er hält sich die Ohren zu. Sein Vater reißt ihn an den Haaren.

»Schau hin, du Idiot! Versäume keinen Bruchteil eines Bruchteils! Dort unten, in der Arena, kämpft El Cordobes, der Liebling der Heiligen, der Tapferste und Geschmeidigste seit Manolete. In seinen Venen fließt Stierblut, darum ahnt er die Reaktionen der Bullen besser als jeder andere Sterbliche. Die Heiligen haben ihm Stierblut verliehen, weil er sich der Ehre Gottes vermählt hat. Verstehst du, du Idiot.«

»Ich verstehe nicht, Vater«, antwortete Ramón.

Im selben Moment wird der bestickte Mann, dem die Anbetung seines Vaters gehört, von den Hörnern des Stieres erfaßt und hochgeschleudert, und alle Geräusche verstummen. Er sieht, wie El Cordobes höher und höher steigt. Das Blut des Matadors regnet aus zwei funkelnden Wunden auf die Arena, und Ramóns Vater sammelt es größtenteils in seinen Strohhut. Der Held steigt weiter empor und direkt in die Ehre Gottes, und Ramón sieht es und wird davon geblendet. Eine Woche später vertraut man ihn der Anstalt am Campo Verde an. Das Weinen seiner Mutter, monoton und von Wimmern begleitet, ist das letzte Zeichen, das er der Kindheit zurechnet.

In der Nacht nach diesem Wiedererleben schlief er lange, tief und traumlos. Am Morgen stand er auf, bat, duschen zu dürfen, und drückte, nachdem er sich mit seinem Sonntagsanzug bekleidet hatte, jedem in der Anstalt, der ihm über den Weg lief, innig die Hand. Zum Mittagessen konnte man ihn nicht finden. Man suchte zwei Tage und Nächte nach ihm, aber er blieb für immer verschwunden. Ein Patient behauptete gesehen zu haben, wie Ramón sich vor seinen Augen bückte, in die Luft sprang und durch die Decke entflog, ohne den Gesetzen der Schwerkraft unterworfen zu sein.

EIN RÖMISCHER FREUND

Wenn in der kalten Jahreszeit Nebel die Sonne fernhält, schrumpft das Südliche an Rom auf ein Häufchen Erinnerungen, und die Palmen und Agaven in den großen Gärten wirken wie das etwas zu leicht bekleidete, fröstelnde Empfangskomitee für einen Potentaten aus Sumatra oder Sansibar.

Paolo flüchtete dann häufig in Vergangenes. Zu dem nächtlichen Himmel beispielsweise, der ihm einmal über dem eineinhalb Jahrtausende alten Kloster Santa Katharina auf Sinai erschienen war. Ausgesät mit Myriaden Lichtkörpern und hellen Schwaden, dem ein beinahe ununterbrochenes Fallen von Sternschnuppen die Wirkung eines fernen Feuerwerks gab. Paolo erinnerte sich, wie ihn damals auf dem mit Fackeln ausgesteckten Weg zu jener Stelle, an der Moses den brennenden Dornbusch gesehen hatte, ein dürrer Pope vor den Wirkungen des afrikanischen Firmamentes gewarnt hatte: »Ihr Europäer und Amerikaner wißt ja nichts über das Oben und Unten. Um die Wahrheit zu sagen: Euer Oben ist kraftlos und euer Unten ohne Geheimnis. Weil es die Spiegelung eurer Körper und eures Geistes ist. Euer ausschließlich dreidimensionales Dasein und eure Rationalität hält euch gefangen im Banalen. Und eure Lehrer und Intellektuellen sind so überaus stolz auf ihre Dummheit, und ihr baut ihnen zur Ermutigung dieser Dummheit noch Akademien und verleiht ihnen Nobelpreise. Eines der großen Geheimnisse, das der Menschheit vorenthalten wurde, ist die gute Macht und Herrlichkeit von Emotionen. Man hält euch vom Segen der Emotionen ab, indem man sie als weibisch, unkontrollierbar und vernebelnd verleumdet. Die Emotionen sind aber der wahre klare Kopf, denn sie verbinden euch mit eurem spirituellen Selbst. Wir bedürfen der Emotion, um das Nichtphysische zu verstehen, und wir bedürfen der Emotion, um lieben zu können. Liebe aber ist der Schlüssel zum Lebendigsein in dieser und aller Wirklichkeit. Der Himmel über der Wüste Sinai lehrt die großen Gefühle und unsere gleichzeitige Anwesenheit in vielen Wirklichkeiten. Dies war uns allen vor langer Zeit selbstverständlich, aber jetzt liegt es tief am Boden des Vergessens. Schauen Sie nicht zu lange und ohne Vorbereitung in die Erkenntnis dieses Himmels, sonst stürzt jäh das Erinnern über Sie und Ihre Nerven überdehnen sich. Hier werden uns jedes Jahr vier bis sieben Besucher verrückt.«

Dann zog der Mönch einen silbernen Flachmann aus einer der Falten seiner Kutte und bot Paolo Gin an.

An dieser Stelle möchte ich etwas anfügen, das mit Paolo, der meiner Phantasie entstammt, nichts zu tun hat. Mir fällt nur während des Schreibens dieser Erzählung ein, daß ich in der Landschaft von Sinai ein tatsächliches Abenteuer durchstehen mußte, das zu den tiefsten Eindrücken meines Lebens zählt: Ich war mit ägyptischen

Bekannten und meiner Geliebten nachts im Automobil unterwegs nach Sharm El Sheik, um von einer mühsamen Arbeit in Gizeh einige Tage auszuspannen. Wir fuhren etwa zweihundert Meter vom Roten Meer entfernt auf einer schnurgeraden Asphaltstraße, die an ein gewaltiges Maßband erinnerte, mit dem Außerirdische die Länge der Halbinsel Sinai messen wollten. Ich saß mit Yasmin im Fond des Wagens, und auf den Vordersitzen der technische Direktor des Opernhauses von Kairo und sein Bruder, der als Arzt in einer Oase arbeitete. Die Dunkelheit und Eintönigkeit der Strecke verführte jeden von uns, sich ganz in Gedanken zu verlieren. So befand sich im entscheidenden Moment, wir haben es uns später gegenseitig erzählt, der chauffierende Opernmensch gerade sinnierend in Paris bei einer Carmen-Vorstellung mit der Sängerin Agnes Baltsa, sein Bruder bei einem Luftröhrenschnitt, mit dem er vor kurzem ein vom Ersticken bedrohtes Kind gerettet hatte, Yasmin in einem Gespräch mit ihrer Großmutter in Belgrad und ich beim Überlegen, ob ich in den Teichen meines italienischen Gartens farbenprächtige Koikarpfen aussetzen sollte oder nicht.

Da wurden wir von etwas, das ich als Sprengung wahrnahm, überrascht, und im gleichen Augenblick schien das Automobil in die Luft zu springen. Dann überschlug es sich, und wir schlitterten, auf dem Dach liegend, mit hohem Tempo über niedere Splitdünen. Die Reibung der Karosserie an den Steinen schuf einen dröhnenden Funkenmantel, der mich glauben ließ, das Fahrzeug brenne. Damals sah ich nicht mein bisheriges Leben wie einen Zeitrafferfilm an mir vorüberziehen, ich habe auch nicht in Panik die Namen derer geflüstert, die mir am meisten bedeuten. Ich reiste vielmehr, eingewoben in eine Masse aus abgrundtiefem Erstaunen, durch unzählige Angebote, die offenbar darauf warteten, von mir angenommen zu werden. Tod, Drangsal, Krankheit, Verstümmelung, Schmerzen hießen einige davon. Die interessanteren hatten Namen wie Lachen, Leichtigkeit, Vertrauen, Wohlbehagen, Erfolg, Selbstbewußtsein, Eigenständigkeit. Und ich entschied mich für: Freude. Yasmin hörte, daß ich sogar laut dreimal das Wort »Freude« rief, und zwar mit eben der Intensität, die einem Hilfeschrei zukommt.

Als unser Fahrzeug zur Ruhe kam, bemerkten wir, daß es sich in ein enges Gefängnis verwandelt hatte. Das Volumen des Innenraums zwischen Boden und Plafond war mindestens halbiert worden. Ich hörte ein Wimmern meiner ägyptischen Freunde und fühlte Yasmins Wange auf meiner Stirn. Sie sagte: »Wir leben!«, und ich sagte: »Es riecht nach Benzin, schau, daß du hinauskommst, wir werden gleich explodieren.«

Wie wir ins Freie gelangten, weiß ich nicht. So ist es. Ich weiß es ganz einfach nicht. Jemand oder etwas zog an uns und dehnte wohl das geknickte Blech. Auf alle Fälle lagen wir alle vier einander wenig später gesund in den Armen, und jeder hatte das sichere Gefühl, den anderen gerettet zu haben ohne die geringste Vorstellung, womit und wodurch.

Das Wrack unseres Fahrzeuges ließ keinesfalls den Eindruck zu, daß ihm jemand hätte heil entfliehen können. Über und über war es mit einem Brei aus Blut und Knochen beschmiert, dessen Herkunft wir nicht kannten. Ich marschierte die Strecke zurück, die wir soeben durchschlittert waren, um Hinweise auf die Ursache des Unfalls zu finden. Bald stieß ich auf den zermalmten Körper eines Kamels, das sich offenbar an die Straße geschmiegt hatte, um nachts die Abstrahlung der vom Asphalt gespeicherten Tageswärme zu genießen. Die genaue Untersuchung enthüllte: Das Tier war hochträchtig gewesen und bei dem Zusammenprall mit unserem Fahrzeug regelrecht geplatzt, so daß sein beinahe ausgewachsenes Embryo von unserem Überschlag mitgerissen, etwa dreißig Meter weiter tödlich verwundet und verstümmelt liegen blieb.

Ich setzte mich an den Straßenrand. Hinter mir lärmte die Brandung des Roten Meeres. Ich wußte nicht, was dies alles bedeuten sollte, aber bald stellte sich die Gewißheit ein, hart und glücklicherweise wohlauf in einem Rätsel gelandet zu sein, das mich wahrscheinlich künftig überallhin begleiten würde als eine Welt in der Welt.

DIE NACHT DES ALTEN MANNES

Die Eva sehe ich so deutlich. Tot und lebendig. Den Duft in ihren Armbeugen kann ich riechen. Shalimar hieß das Parfum. Und ihre linke Brust war größer als die rechte. … Korfu. Wir schwimmen im wassergefüllten Aushubkrater einer ehemaligen Kupfermine. Die Vitalität von damals. Das sich etwas zutrauen. Die Bösartigkeit im Beurteilen der anderen. Die funkelnden Fehlurteile. … Wo sind eigentlich die Schmalfilme, die der unheilige Petrus in diesen Jahren drehte? Die Freundesversammlung bei der verregneten Madureischen Hochzeit. Dreihundert verschiedene Himmelsstimmungen hatte der angeblich in seiner Zelluloidsammlung. Vom Wolkenjagen über Lissabon bis zum Sandsturm über Timbuktu. Der unheilige Petrus ist so schön gewesen. Er war überhaupt das einzige optisch wirklich makellose Mannsbild, das mir je in natura begegnet ist. Später ist es oft ein Unglück, wenn man als junger Mensch schön war. Viele von denen sind ja fast nur mehr mit Heimweh nach dem Damals ihres Körpers beschäftigt. Es bleibt alles so lange selbstverständlich, bis, scheinbar plötzlich, eine Grenze überschritten ist. Dahinter gelten andere Gesetze, andere Geschwindigkeiten. Etwas zwingt dich, dich mit dir selbst bekannt zu machen, bis in die bleiernsten Tiefen. Wie bei den Tieren der Wildnis ist es. Kaum wird man schwächer und unbeweglicher, stürzen die Furien der Melancholie, die Hyänen des Schwermuts, die Aasverwerter der verdorbenen Ängste in unser Gemüt und zanken um die Beute. … Diese Schmerzen im Unterschenkel. Dieses ständig das Polster wenden müssen auf der Suche nach Kühle. Welche Lächerlichkeit erwartet mich am Ausgang des steinernen Gartens, durch den die steinernen Bäche fließen, die keinen Durst zu löschen vermögen. Ich fürchte, dort lauern die Boten des Misserfolges und beschmieren mich mit Katzendreck und stülpen mir einen Zylinder aus Spargel über das Haupt. … Ein Kind hätte ich zulassen sollen. Etwas, das einen verankert im Lebendigen. Von der Eva keinesfalls. Aber von der Ruth. Das Kind wäre jetzt auch schon Mitte vierzig und womöglich fahrig wie seine Mutter, aber vielleicht auch mit deren Lachen gesegnet. Ein Lachen im Haus täte gut. Eines gegen die Phantasien der Koliken und gegen die durchgestrichenen Namen und Telefonnummern im zerschlissenen Adressbuch. Ich gehe auf keine Begräbnisse mehr. Es scheint mir wie Vorbesichtigungen des eigenen Schlußakkords. … Ich habe das Gefühl, dass die Haushälterin nie unter dem Bett kehrt. Ich liege wahrscheinlich über einem Lurchdepot. Einem Bakterienstaat von grandioser Ungestörtheit, dessen hämisches Ballgeflüster mir in den Adern rumort. Morgen werde ich versuchen, mich zu bücken um unter die Möbel zu schauen. Vielleicht mittels eines Spiegels und einer Taschenlampe. Mir ist die Kontrolle über mein Haus entglitten. Aber wenigstens den Harn kann ich noch halten. … Wer wird hier wohnen, wenn ich mich verabschiedet habe? Wer wird als erster meine Kästen und Laden durchwühlen? Wer wird meine Schuhe tragen und wer den Smoking, mit dem ich mich im Teatro San Carlo zum lachhaften Applaus auf der Bühne zeigte? Ich habe mich ziemlich veruntreut. Auf meinem Grabstein sollte stehen: Tagedieb. … Die Finsternis hat einen Geruch und die Finsternis hat einen Klang. Das wußte ich früher nicht. Ich könnte die Finsternis vertonen. Eine Versammlung von zwanzig oder dreißig Oboen und darüber die Bässe einer Ziehharmonika. Ich könnte. Die meisten Pläne sind ja nur mehr Hochstapeleien. Ein Plan soll in meinem Zustand Mut machen, um das Dornengestrüpp solcher Nächte zu überwinden. Man möchte sich im Glauben wiegen, dass auf der anderen Seite, am nächsten Tag, etwas Gutes wartet. Die Berührung durch ein Glück und nicht nur eine unübersehbare Landschaft aus Raben und Krähen. … Ich bin im Grunde immer müde. Außer wenn ich schlafen will. Dann hält mich die Erschöpfung wach und die Not und das schlechte Gewissen, meine Talente fast ganz vergeudet zu haben. Das Leichte, das rasche Blendwerk war so viel verlockender als das Schürfen nach einen Koh I Noor in den Fegefeuern der Arbeitszimmer. Aber das viele Leichte war natürlich niemals schwebend. Denn das Schwebende ist das Schwerste überhaupt. Wie hab ich überhaupt je Komponist werden können, nachdem ich mit wachen Ohren Strawinsky gehört habe? Es ist wie beim Hasen und dem Igel. Strawinsky ist immer schon ausgeruht im Ziel, wenn man atemlos und halb zerschmettert angekrochen kommt. Swatoslaw Richter meinte einmal, dass ihm Haydn mehr bedeute als Mozart. Das ist interessant. Unfaßbar interessant. Er hat das in demselben Gespräch gesagt, in dem er von seiner ersten Begegnung mit einem Mann erzählte, den er zunächst für blind hielt und den er Augenblicke später, als dieser sich eine Brille aufsetzte, als Schostakowitsch erkannte. … Manchmal denke ich jetzt, dass ein einziger, unverlogen freundlicher Mensch mehr wert ist als alle Kunstwerke von der Höhlenmalerei bis heute. Den Sanftmut der philippinischen Nachtschwester nach meiner letzten Operation können nicht einmal die Demoiselles d'Avignon aufwiegen. Sanftmut ist das letzte, was man mir vorwerfen könnte. Ich war für die Welt kein Gewinn und für mich selbst schon gar nicht … Ich sollte mir verbieten, so über mich zu denken. Wie kann der Körper nicht die Lust verlieren, so einem Selbsthaß Gesundheit zur Verfügung zu stellen? Die Dramaturgie dieses Stückes, das Leben genannt wird, ist zweifellos dilettantisch. Das Miserabelste, Unerfreulichste, Quälendste kommt zum Schluß. Da darf sich Gott nicht wundern, wenn die Kritiken desaströs schlecht ausfallen. Am Anfang die Katheder der Schulmeister und am Ende die Katheter der Urologen …

WARUM ICH EIN HORNISSENNEST NICHT ENTFERNTE

An einem brennheißen Abend, als ich gerade damit beschäftigt war, an der Unterseite des steinernen Balkons vor meinem Schreibzimmer ein verlassenes Hornissennest zu entfernen, teilte mir meine Haushälterin mit, daß im Salon ein merkwürdiges Paar auf mich warte. Noch nie, in der langen Zeit, seit ich sie kannte, hatte sie über irgend etwas geurteilt, daß es merkwürdig sei, und ich war neugierig, was sie derart beeindrucken konnte. »Es sind Herrschaften. Angeblich auf Empfehlung eines Bekannten gekommen.«

Ich ging, wie ich war, barfuß und mit schmutzigen Händen, in den Salon und sah etwas, das mir sehr gefiel: eine ältere Frau und einen älteren Mann, mit Rucksäkken und in dunkler Sommerkleidung, die im Gesicht und an beiden Armen tätowiert waren. Allerdings, soweit ich es auf den ersten Blick wahrnahm, nicht mit Zeichnungen, sondern mit einer Schrift.

»Sie wünschen?« sagte ich in optimistischer Vorfreude auf Kommendes.

»Wir sind zwei Gedichte und wollen gelesen werden. Ihr Freund, der Signor Brandstätter, meinte, Sie wären ein Herr von Welt und Bildung und interessierten sich für gute Literatur.«

Ich setzte mich auf einen der mit marokkanischen Quilts bedeckten Fauteuils und lud die beiden Fremden ein, das gleiche zu tun. Sie blieben aber stehen, und die Frau sagte: »Wir können nicht lange bleiben, Signor. Das Leben ist eine Raserei. Es gibt so viele Augen, und alle haben ein Recht, uns zu sehen.«

»Was hat es mit Ihnen auf sich? Erzählen Sie mir Ihre Geschichte«, sagte ich.

»Sie ist nicht ungewöhnlicher als das Erscheinen eines Regenbogens«, antwortete die Frau mit einem Selbstbewußtsein, das mich hellwach werden ließ. »Wir sind Mineraliensammler und Schlangenfänger aus den Lessinischen Bergen. Im Jahr 1287 folgten unsere bayerischen Vorfahren einer Einladung des Bischofs von Verona, um die wildeste und unwegsamste Gegend seines Bistums zu besiedeln. Das ist die Wahrheit, Signor. Unser Heimatdorf heißt Giazza, und unser Stamm wird die Zimbern genannt. Wir sind die letzten im Angesicht Gottes und der Menschen, die sich einen bestimmten mittelhochdeutschen Dialekt bewahrt haben.«

Und jetzt sang sie etwas in einer rauhen, mir unverständlichen Sprache. Eine Absage an jedes Wohlwollen und alle Freude schien es zu sein. Dann endete die Melodie abrupt, und nach einer Weile, in der die Frau mit geschlossenen Augen und heftig atmend ausruhte, erzählte der Mann die Geschichte ihrer Tätowierungen:

»Es war im Oktober des gesegneten Jahres '59. Meine Schwester und ich hatten einiges an Serpentin und Rutilquarz gefunden. Nicht zu vergessen den großen weißblauen Zyanitbrocken, aus dem später der Panzanobauer zu Ehren der heiligen Katharina einen Totenkopf schliff. Wir saßen Rücken an Rücken unter einer ausladenden Kiefer, um nichts, aber auch gar nichts zu denken, wie es uns die Eltern als dreimalige Übung für jeden Tag des Lebens gelehrt haben. Zur Reinigung und zur Kräftigung des Geistes. Da plötzlich steht ein Besonderer vor uns. Wie aus der Erde geschossen. Gerade war er nicht da, und jetzt gibt es ihn. Ich erschrecke und die Schwester erschrickt. ›Buon giorno‹, sagt er, und ›Ihr seid ja prächtige Leute.‹ Mein Eindruck ist, wir haben es mit einem Waldgeist zu tun oder dem Seidelbastkönig oder dem Engel der Felsen. Aber es ist ein Americano. Man hört es an seinem Italienisch. Das ist auf Wolkenkratzern gebaut und Studebakern. Und er hat einen grauen Spitzbart, und seine Augen schillern wie Feuerachat, den die Indianer tragen, damit er sie vor Jähzorn bewahrt. Mit diesen Augen sieht er lange der Schwester auf den Grund und mir als nächstes. Dann sagt er mit seiner schneidenden Stimme: ›Für jeden von euch zweitausend Dollar, wenn ihr es geschehen laßt.‹

›Was geschehen?‹ frage ich und denke mir, er ist doch kein Americano und auch kein Waldgeist und nicht der Seidelbastkönig und nicht der Engel der Felsen, sondern der aus dem Schwefel geborene Seelenkäufer, von dem alle reden und den nie einer zu Gesicht bekommt. Da streckt er mir eine Visitenkarte entgegen: ›Ezra Pound. Wortarbeiter‹, entziffere ich im Licht der späten Sonne, das durch die Zweige der Kiefer strömt.

›Ich habe eine Idee‹, sagt dieser Mann mit der Visitenkarte, ›und ich möchte sie Wirklichkeit werden sehen.

Zweitausend Dollar für dich und dich, wenn ihr euch tätowieren laßt. Mit Versen, die ich euch auf den Leib dichte. Verse über die Schwingungen, wenn Frau und Mann nebeneinander gehen ohne Berührung.‹ Meine Schwester schreit auf: ›Ein um den Verstand Gekommener ist das, der in Träumen gefangen ist. Spuck ihn an, damit er aufwacht.‹ Aber er zeigt uns grüne Dollarscheine und schwört, daß ihm mit allem Ernst ist, und daß in Bozen ein Tätowierer lebt, der Ganster heißt, und morgen um dieselbe Zeit will er wieder zur Kiefer kommen, und wir sollen ihm ja oder nein sagen. Und Salve!

Viertausend Dollar im gesegneten Jahr '59 hieß ein eigener Hof, weil der väterliche dem ältesten Bruder zustand. So haben wir es zugelassen. Auf den Armen, dem Rücken und dem Gesicht. Und nie bereut. Und möge der Herr Ezra zur Linken Gottes sitzen dürfen, nachdem er für seine Verirrungen gebüßt hat.«

»Was kostet es, die Verse zu lesen?« frage ich, denn ich ahnte, daß es sich bei der wunderlichen Begegnung von Anfang an um einen Geschäftsvorgang handelte.

»Kaufen Sie einen Bergkristall oder Amethyst, die Ihrer Haut helfen, die Feuchtigkeit zu speichern. Die Gedichte zeigen wir Ihnen als Zugabe.«

Dann holten sie samtene Tabletts aus ihren Rucksäkken, verteilten darauf Halbedelsteine und legten sie zu meinen Füßen. Ich rief die Haushälterin und trug ihr auf, einige schöne Stücke auszusuchen und vom Wirtschaftsgeld zu bezahlen. Sie entschied sich für drei Opale, die wie Perlmutt schimmerten.

»Darf ich jetzt bitten«, sagte ich, und sogleich entblößten der Mann und seine Schwester ihre Rücken, und ich las die kurzen Strophen der Cantos, deren erste, wie ich bald feststellte, jeweils auf Stirn und Wangen geschrieben stand, die folgenden am linken und rechten Arm und der Abschluß am Rücken. Von der Macht der Andeutungen und den Reisen des Gelächters durch die Lüfte war da auf englisch die Rede. Ich las wieder und wieder, dann bedankte ich mich bei den Geschwistern und verließ den Salon, um die Schuhe anzuziehen. Auf dem Weg in mein Garderobenzimmer entschied ich, das Hornissennest unter dem Balkon, das ich entfernen hatte wollen, zur Erinnerung an diesen Vorfall bestehen zu lassen.

ADRITZBEERE

Ich sehe die Berge gerne aus der Ferne, aber nichts zieht mich hinauf zu ihnen. Meine erstrebenswerten Gipfel sind das Erleben von Schubert-Klaviersonaten oder das Lachen meines Sohnes. Von dort habe ich jene Aussichten und Einsichten, jenes Gefühl der besonderen Gottesnähe, von dem kluge Alpinisten so überzeugend berichten können.

Trotzdem beginnt diese Geschichte in den Alpen. Dort, am Rande der Baumgrenze, wächst nämlich eine Frucht namens Adritzbeere. Aus ihr wird ein klarer Schnaps gebrannt, der mir unbekannt war bis zu jenem Abend, als mir der Wirt des Restaurants Pannitzer eine Flasche davon auf den Tisch stellte. »Es wirkt anders als Zirbengeist oder Wodka«, sagte er kryptisch. Dann fügte er hinzu: »Adritzbeere ist gut für Situationen, die eines besonderen Antriebes bedürfen. Sie schafft beschwingtes Glück.«

So trank ich dankbar einige Gläser davon, denn ich befand mich beim Pannitzer, um mit einer klugen und schönen Dame zu speisen, bezüglich derer mir Körper, Seele und Geist dringend rieten, eine zwischen ihr und mir seit Monaten schwelende Verstimmung in makellose Versöhnung zu wandeln. Als die Dame und ich den Kaiserschmarrn mit Zwetschgenröster erreicht hatten, war ich bereits derart illuminiert, daß ich gegen jede Gewohnheit laut zu singen begann. Und zwar das berühmte Lied vom Prinzen Eugen, der eine Brücke schlagen ließ, um in Belgrad ein wenig Verwüstung und Brandschatzung veranstalten zu können. Ich wußte zwar, daß ich mich idiotisch benahm, aber das Idiotische war mir in diesem Zustand äußerst angenehm.

Nach zwei weiteren Portionen Adritzbeere verspürte ich das Bedürfnis, den Gästen des Lokals eine patriotische Rede in der Sprache der Rhesus zu halten, die ja bekanntlich Affen sind. Dies war kein schlechter Erfolg, denn ein Russe mit prächtiger Gaunervisage klebte mir, mich wohl für einen Sektenprediger haltend, eine Spende von 5.000 Schilling auf die etwas verschwitzte Stirn. Mit diesem Vermögen beschlossen die kluge und schöne Dame und ich, das Stundenhotel »Orient« am Tiefen Graben aufzusuchen.

Dort begegneten wir vor der Rezeption dem verschämt seine Rechnung bezahlenden Generaldirektor eines sogenannten heimischen Weltunternehmens, der, als er mich sah, sein breitflächiges Gesicht unter einem kleinen Papiertaschentuch zu verbergen suchte. Ich fragte ihn, einen ironischen Rettungsring in den Ozean seines Unbehagens werfend: »Was treibt denn Sie um Mitternacht hierher in die Minoritenkirche?« Er antwortete, meinen Rettungsring beiseite stoßend: »Mir, Verehrtester, ist das alles noch sehr viel peinlicher, als Sie ahnen können.« Und weil das Schicksal, wie es heißt, auch Launen hat, kam gerade in diesem Augenblick die Ursache seines Orient-Aufenthaltes, sich die Frisur zurechtrückend, die Stiege herabgeschlendert. Es war immerhin die Kammerschauspielerin Ostertag, Gattin eines dem Opus Dei nahestehenden Rechtsanwaltes und Immobilienhändlers. Sie hieß unter Eingeweihten Kammerschauspielerin, weil sie mit Vorliebe in der strengen Kammer spielte und damit ausgelastet schien, all jene Sünden zu begehen, die ihr hostiensüchtiger Gemahl, wenn er denn von ihnen gewußt hätte, als die »wilden Ferkeleien Belzebubs« bezeichnet hätte.

Die Kammerschauspielerin lachte laut auf, als sie meine Begleiterin und mich bemerkte. Dann sagte sie mit ihrer Salzburger Stimmfärbung: »Nicht wahr, meine Lieben, es gibt ein Leben vor dem Tode.« Dieser für meinen Geschmack sympathische Ausspruch versetzte der Laune des Herrn Generaldirektors den Gnadenstoß, und ich hatte direkt das Gefühl, diese Laune, Gestalt geworden, neben dem Schirmständer beim Rezeptionspult entseelt hinsinken zu sehen. Ausdruckslos und ohne sich zu verabschieden, trat der einflußreiche Mann auf die Straße, und die Kammerschauspielerin folgte ihm, als bilde sie die Spitze einer Triumphprozession zur Feier der Vernichtung aller Prokuristen, Direktoren und Generaldirektoren.

Zehn Minuten später bewegten sich der Körper der klugen und schönen Dame und mein weniger begeisternder in dem Spiegelhimmel des breiten Bettes auf Zimmer 34. Ich will hier nur erzählen, daß wir unsere Versöhnung nicht bereuten, aber die Adritzbeeren zumindest mich mit einer etwas hysterischen Art von

Wahrnehmung ausgestattet hatten. Ständig fürchtete ich, die Geliebte könnte ähnlich einem Puzzle in Teile zerfallen, so daß ich von einer gewissen Erleichterung berichten muß, als ich sie gegen halb zwei Uhr morgens beim Platz vor der Mariensäule am Hof zu einem Taxi begleitete, mit dem sie ganz und gar unzerbröselt heimwärts fuhr. Mir blieb der Wunsch, mich zu erfrischen und klar im Kopf zu werden. Daher beschloß ich, auf dem Graben zu spazieren.

Die Nacht war kühl, und die Wolkenschiebereien über Wien spiegelten eine unerklärliche Unruhe wider, als wären sie der ins Gigantische vergrößerte gläserne Plafond von Zimmer 34. Heftige rote, ockerfarbene und lila Bewegungen waren dort oben und nahmen dem anämischen Mond dazwischen jede Bedeutung. Als ich in den Kohlmarkt bog, geschah das Ungewöhnlichste, das mir je im ersten Wiener Bezirk begegnet ist. Mitten durch das, was man in Rom oder Paris wohl ein Provinzgäßchen, aber in Österreich eine Nobelstraße nennt, galoppierte in wildem, schnaubendem Durcheinander eine Herde prachtvoller weißer Pferde. Ihre Hufeisen verwandelten gerade den Boden vor der Konditorei Demel in einen Funkenteppich. Ich war überzeugt, vollends das geistige und seelische Gleichgewicht verloren zu haben, und sprang mit einer Behendigkeit, die ich noch niemals zuvor an mir beobachtet hatte, in die Hauseinfahrt neben der Buchhandlung Berger, wo mich vor Angst eine Art glühender Schüttelfrost traktierte. ›Es ist ein Skandal, daß man LSD verbietet und Adritzbeere erlaubt‹, dachte ich. ›Morgen, wenn ich ausgenüchtert bin, watsche ich den fahrlässigen Wirt Pannitzer, wie es Rauschgifthändlern gebührt, in Grund und Boden.‹

Jetzt stoben die Pferde mit wehenden Mähnen und Gewieher an mir vorbei Richtung Tuchlauben. Sirenen und Alarmhupen von Einsatzkommandos verwandelten die Umgebung in etwas geradezu Kriegerisches. Fenster wurden hastig geöffnet, aus denen schlaftrunkene Bürger mit Anzeichen von Panik schauten. Aus dem hinter meinem Rücken gelegenen Haustor erschien gespenstergleich eine Greisin im viel zu kurzen blauen Schlafrock und murmelte Stoßgebete. Polizisten liefen brüllend herum, und viele von ihnen lärmten auf ihren Trillerpfeifen, als wollten sie sich selbst Mut machen.

Ich begriff langsam, daß ich nicht halluzinierte. Etwas ganz und gar Reales, Katastrophales mußte dieses Chaos ausgelöst haben. Meine Furcht trat zugunsten einer Neugier zurück, die mich hoffen ließ, Zeuge von etwas Wesentlichem zu sein. Ich wurde nicht enttäuscht, denn tatsächlich war in nächster Nähe ein Ereignis im Gange, das auf lange Zeit das ganze Land beschäftigen sollte. Die Hofburg brannte. Genauer, der Trakt der Redoutensäle am Josephsplatz. Beim Versuch, die unmittelbar daneben befindlichen Stallungen der Spanischen Hofreitschule zu evakuieren, waren die nervösen Lipizzaner den wachhabenden Stallknechten und freiwilligen Helfern entkommen und über den Michaelerplatz, teils in die Herrengasse und den Volksgarten und teils an mir vorbei auf den Graben geflohen. Die Wolken, die mir aufgefallen waren, zeigten das Flammengetümmel der tief unten liegenden kaiserlichen Dächer, und für einige bange

Stunden lief Wien Gefahr, sein Gedächtnis, die barocke Bücherkathedrale der Nationalbibliothek, gegen Glut, Schlacke und Rauch zu tauschen oder, nicht weniger schlimm, durch die Wasserflut der Löscharbeit schwer zu beschädigen. Was diese Löscharbeit betraf, so versammelten sich um die Brandregion immer mehr und mehr Feuerwehrautos, deren rote Lackierung im Flackern der Blaulichter und Suchscheinwerfer wie eine etwas kühle, bodennahe Erweiterung der Flammen wirkten. Aus den meisten Fahrzeugen ragten dicke, pralle Schläuche und auch von den Hydranten wanden sich Schläuche um und in das von Magirusleitern umstandene Gebäude, das dadurch inzwischen dem riesenhaften Patienten einer gewaltigen Intensivstation mehr ähnelte als der Stadtresidenz der Habsburger. Ich reihte mich unter die Schaulustigen, deren größerer Teil ihren reinen Genuß am Geschehen mit Bedauern oder Empörung tarnten. Nur ab und zu entdeckte ich ältere, weinende Menschen, die fassungslos in den Tumult starrten, als handelte es sich dabei auch um ein Krematorium, das ihre eigenen Vergangenheiten und Lebensentwürfe zu Asche verwandelte.

Von einer Telefonzelle aus rief ich die kluge und schöne Dame an, um ihr von meinen Erlebnissen nach unserer Verabschiedung zu erzählen. Aber sie schnitt mir das Wort ab und sagte: »Ich habe für heute nacht wirklich von deinen Exaltiertheiten genug.« Dann legte sie auf, und ich verharrte für Augenblicke mit dem Hörer am Ohr, um dem trostlosen Signal der unterbrochenen Leitung zu lauschen.

DIE BEIDEN REITER

Martha beobachtete einige alte Herren, die zu einer französischen Reisegruppe vor dem Eissalon der Strandpromenade gehörten. Sie schienen ihr ganz aus Bitternis gemacht und eindrucksvoll Zeugnis zu geben für das viele, das sie in ihrem Leben nicht begriffen hatten. Und für die vergeudeten Jahre, wo sie jeder wesentlichen Verantwortung, jedem Abenteuer und vor allem jedem tiefen Gefühl ausgewichen waren. Ihre Daseinsform, dachte Martha, bestand aus ungelenkem Sichtotstellen. Immer von der Furcht beherrscht, daß alles, was wirklich auffällt, mit Strafgerichten, Hohn oder jähem Untergang zu rechnen hätte. Einer als Menschen getarnten Reptilienform mochten sie angehören, die sich an manchen Sonnentagen auf den niedrigen Kaimauern von Uferpromenaden niederließ, um schwer atmend überschüssige Flüssigkeit an der Stirnhaut zu verdampfen.

Martha erinnerte sich an ein so sehr anderes Erlebnis in Kairo, wo sie mit arabischen Freunden in ein Fest zu Ehren eines Sufiheiligen geraten war. Zehntausende Männer, Frauen und Kinder aus allen Regionen Ägyptens hatten in dem Straßengeflecht am Fuße der gewaltigen Zitadelle der Mohammad-Ali-Moschee farbenprächtige, geräumige Zeltalleen errichtet, die mit den

Namen ihrer Familien und Ortschaften beschriftet waren. Darin schrien und sangen, tanzten und musizierten sie drei Tage und Nächte, um ihrer Freude über die Unsterblichkeit der Wahrheit ihres Glaubens Ausdruck zu verleihen. Jeder und jede einzelne inkarnierte für zweiundsiebzig Stunden als ekstatischer Derwisch, und wo immer man hinblickte, sah man Wesen, die sich unablässig drehten. Wie eine Sammlung von wunderlichen Kreiseln, die einem unsichtbaren Riesenvolk zur Ergötzung dient, wirkten sie, und ihre Energien schufen eine Art Luftbeben, das Martha hochzuschleudern drohte, so daß sie sich zuletzt mit aller Kraft an ihre Freunde klammern mußte. Das Zentrum der Vitalität und Ausgelassenheit aber bildeten jeweils die Alten, als wollten sie Turbinen zur Erzeugung von Lebensmut sein.

Die Greise nahe dem Eissalon waren der genaue Gegensatz, und wie zur Unterstreichung von Marthas Gedanken warf jetzt einer von ihnen, der mit dem, was die Deutschen eine Freizeitjacke nennen, bekleidet war, einen Stein nach einem Schwan, der als Behauptung der Schönheit aus dem See ragte.

Es gab häufig Situationen, da wollte Martha anderen etwas laut sagen. Jemandem ihre Kritik nicht verheimlichen. Aber sie tat es fast nie, denn direkt neben ihrem Mut wartete eine Feigheit, die die stärkeren Ellbogen besaß. So erwuchs ihr mit den Jahren ein Schuldenberg des Unausgesprochenen, den sie körperlich fühlte und unter dessen Last sie tatsächlich ein wenig schief geworden war. Sie fürchtete sich seit längerem vor ihrem eigenen genauen Blick. Denn was er an Falschem bemerkte, lagerte sich in ihrem Schweigen ab und bewohnte sie, und vieles der Hysterie, der Gemeinheit und des Törichten der Welt war so in ihr und drohte sie zum Platzen zu bringen.

Dieser eine Steinwurf nach dem Schwan schien mehr, als Marthas Gleichgewichtssinn ertragen konnte. Sie taumelte und versuchte sich in einer Art verzweifelter Gegensteuerung zu drehen, wie sie es bei den Sufi-Ägyptern gesehen hatte. Aber sie streifte einen der großen Sonnenschirme, die im Vorgarten einer Pizzeria aufgestellt waren, und dieser kippte zu Boden und sie mit ihm. Mit dem Kopf schlug sie gegen den betonierten Fuß des Schirmes. An ihrer Stirne befand sich nun eine blutende Wunde in der Größe eines Hundertlirestückes, die Martha allerdings nicht bemerkte, denn ihre ganze Aufmerksamkeit war bei zwei Reitern, die auf dem Wasser des Sees aus einer Distanz von etwa dreihundert Metern aufeinanderzugaloppierten. In rote Schlosseranzüge gekleidet, unter sich safranfarbene Satteldecken, schienen sie einen Zusammenprall ihrer Schimmel anzustreben.

Martha dachte, es wären zwei groteske, ins Übermäßige vergrößerte Atome, die sich zu etwas nie Dagewesenem verbinden wollten: einer bisher nicht erkannten Wahrheit oder anderem Heilsamen. Die Reiter jedoch passierten einander so eng, daß sich die Leiber der Pferde berührten, und als sie für einen Augenblick auf gleicher Höhe waren, tauschten sie einen Kuß, und dieses halsbrecherische Kunststück brachte Marthas Bewußtsein wieder zurück auf die Strandpromenade, nur daß es Abend war und sie mit einer Zeitung in der Hand im menschenleeren Eissalon saß.

WIEN GEBAUT AUF DRECK

Auf der Meeresoberfläche bilden Hunderte tote Fische ein desolates geometrisches Muster. Ich bemerke es beim Verlassen der Fähre, die mich von Algeciras nach Tanger gebracht hat. Der Himmel ist bereit zu regnen, und der Geruch von verbranntem Gummi mischt sich mit dem von Desinfektionsmittel in der Halle der Zollabfertigung. Die Düfte des Orients im Juni 1997.

Zwei Agenten der marokkanischen Geheimpolizei geben sich als hilfsbereite Mitarbeiter des Tourismusministeriums aus und stellen auf deutsch Fragen, die auf keine gute Ausbildung schließen lassen.

»Sind Sie am Kauf von Kif interessiert? Wenn ja, wir sind Ihnen gerne behilflich. Haben Sie politische Schriften in Ihrem Gepäck? Wenn ja, lassen Sie uns bitte Kopien herstellen, wir möchten uns gerne in unserer Freizeit weiterbilden.«

Ich schaue sie mit dem gleichen blöden Ausdruck an, den sie mir bieten, und antworte mit einem extemporierten Reim: »Pas de drogue, pas de politique und außerdem auch keinen Fick.«

Eineinhalb Stunden später schlendere ich vom Hotel El Minza zum Souk der Altstadt. Hinter mir ein Saxophon spielender, verwachsener junger Mann. Als ich ihm einige Münzen geben will, meint er: »Non, Monsieur, ich spiele zu meinem Vergnügen. Und wenn es Ihres auch ist, soll es mich noch mehr freuen.«

Zufällige Beobachter schreien ihn an, als hätte er ein Verbrechen begangen. Sie fordern mich auf, ihnen das Geld zu geben. Sie würden es der Mutter des Musikers, die sterbenskrank ihr Ende erwartet, verläßlich weiterreichen. Der junge Mann beschwört mich, ihnen nicht zu glauben, und sagt verzweifelt: »Ein Künstler, das ist doch nicht automatisch ein Bettler.«

Ich stecke ihm einen größeren Betrag mit der Bitte zu, davon Notenpapier zu kaufen. Er nimmt ihn an und läuft ohne Dank davon. Die Umstehenden bedeuten mir, daß er verrückt sei.

Eine Ampel blinkt gleichzeitig Rot und Grün.

Auf dem Rauchfang eines vierstöckigen Bürohauses entdecke ich mitten in der Stadt ein Storchennest.

Transparente auf Bauzäunen gratulieren dem Thronfolger zum Geburtstag. Der Wind bringt ein Knäuel Zeitungsfetzen.

Drei Buben spielen mit einem Joghurtbecher Fußball. Einer von ihnen ohne Schuhe.

Jetzt ist es in Tokio dreiundzwanzig Uhr siebzehn. Die Weltuhr in der Auslage eines Friseursalons zeigt dies an. Auf den zweiten Blick bemerke ich, daß die Zeiger stillstehen.

Was kommt als nächstes?

Ein Herr, der mir für die Schwüle viel zu warm gekleidet erscheint, spricht mich an.

»Du Berlin?«

»Nein, Wien«, antworte ich.

»Wien gebaut auf Dreck«, sagt er ernst.

»Wieso?« frage ich.

»Mein Papa damals Sarrasani. Vor lange, lange damals. Sarrasani Zirkus. Gespielt in ganz Europa. Mein Papa stärkster Marokkaner der Welt. Wirft Rad von Mühle nach oben und wieder aufgefangen. Wirkliches Rad aus Stein, nicht Holz. Mit seinen Zähnen soviel Kraft, daß Automobil gezogen. In Automobil Edith Piaf gesessen und Boxchampion Marcel Cerdan. Sarrasani in Paris. Papa mit Zähnen am Seil über Champs-Élysées berühmte Piaf und berühmten Cerdan gezogen in Buick Automobil. Cerdan dann bald tot. Bumm. Mit Flugzeug. Piaf immer geweint. Papa auch sehr traurig. Mon ami est mort. Papa immer traurig oder immer lachen. Nur so oder so mein Papa. Decke über Kopf oder Tango tanzen.

Wichtige Frau für mein Papa, Name: Rosi. Frau aus Köln. Sarrasani große Erfolge in Deutschland. Rosi Augenfarbe wie Datteln. Stimme sehr leise. Mein Papa glücklich. Rosi meine Mama. Mein Papa mein Papa. Rosi in Sarrasani Programme und Zuckerwatte verkauft und Ponys gebürstet. Ponys riechen gut. Meine Mama …«

An dieser Stelle unterbreche ich den Mann.

»Darf ich wissen, wie Sie heißen?«

»Ich Name Sarrasani als erster Name. Zweiter Name von Familie: Abdeslam. Erster Name von bester Zeit von Papa. Zweiter Name wie Papa von Papa und davor seit immer Familie von Papa.«

»Wo ist Ihre Mutter? Lebt sie in Tanger?« frage ich mit einem Interesse, das mich selbst überrascht.

»Rosi fünf Jahre nach meiner Geburt Mann in New York geheiratet. Alles falsch an dem Mann: Haare, Zähne, alles. Nur Geld echt. Rosi Mama nimmt sein Geld und vergißt Sarrasani und Papa und mich für jeden Tag bis immer. Keine schöne Geschichte, aber mein Papa trinkt sich lustig, bis er nur mehr weint. Trinken Sünde für Moslem. Papa verliert seine Kraft. Nicht mehr stärkster Marokkaner der Welt. Nicht mehr Sarrasani. Ich mit ihm ohne Rosi in Wien. Alles traurig in Wien. Deshalb Wien für mich auf Dreck gebaut.«

Jetzt schweigt der Mann und schaut mir dabei in die Augen. Wir stehen noch immer an der Stelle, wo das Gespräch begonnen hat.

»Was ist Ihr Beruf, Sarrasani?« frage ich.

»Wahrheit ist: Bin mein eigener Prophet«, sagt er und lacht. »Sage mir jede Früh und jeden Abend, daß Leben viel schlechter sein könnte.« Er klopft mir auf die Schulter, geht zwei Schritte rückwärts und verschwindet unerwartet in einem Hauseingang. Noch einmal höre ich sein Lachen. Dann beschließe ich, ins Hotel zurückzukehren.

PALLAWATSCH

Ich schreibe das für die Schwedin auf. Damit sie weiß, was ich erlebe. Sie fragt ja immer: »Was gibt es Neues, Pallawatsch?« Aber wenn ich versuche zu antworten, wächst mir ein unsichtbares Stück Holz im Mund. Das hindert mich am Sprechen. Zumindest am Sprechen von dem, was ich eigentlich sagen will. Das Holz gibt es nur in Anwesenheit der Schwedin. Bei allen anderen sind meine Gedanken klar. Sogar wenn Papa herumbrüllt und seine Stimme, wie das Dienstmädchen sagt, der Milch eine Haut macht. Die Schwedin ist gar keine Schwedin, sie wohnt nur am Schwedenplatz in einem Gebäude, das die amerikanischen Bomben verschont haben. Rundherum wird fast alles neu gebaut, da haben dann alle Wohnungen innen Klos, und man muß sich nicht mehr so grausen, weil man das Sitzbrett dauernd mit Fremden teilt. Wir haben drei Klos in unserer Wohnung, die heißen Toiletten, und auf einem davon hat sogar schon der Erzherzog Eugen sein Geschäft verrichtet. Aber das war vor dem Hitler-Krieg, und damals soll der Papa noch fesch gewesen sein und die Mama in ihn richtig verliebt, so wie die Paula Wessely in den Rudolf Forster im Apollo-Kino. Vor dem Hitler-Krieg muß eine andere Welt gewesen sein. Mit viel mehr Beinen und Armen. In der Babenberger Straße neben dem Kunsthistorischen Museum treffen sich nämlich immer die Invaliden und warten auf etwas, und viele von ihnen starren so vor sich hin, als würden sie in tiefe Brunnen schauen. »Die sehen das früher«, hat der Papa einmal zu mir gesagt. »Was sieht man da?« wollte ich wissen. »Das kommt darauf an, ob es das ›früher‹ oder das ›ganz früher‹ ist. Im ›ganz früher‹, da waren auch sie Kinder wie du jetzt und konnten Diabolo werfen und die Sonne durch Rußgläser betrachten. Dann im ›früher‹ aber sind die Galläpfel zu Herrschern geworden und haben jedem etwas gestohlen. Großmutter und Großvater das Leben, mir meine Freude für immer, Deutschland und Österreich die Ehre und denen dort den Schlaf und das Augenlicht, einen Fuß oder zwei, und manchem noch die Hände dazu oder alles auf einmal.«

Ich weiß, daß ich ein Glückskind bin, weil der Krieg schon vorbei war, als ich geboren wurde. Deswegen bin ich auch ein Wiener Bub und kein Londoner Boy. Denn die Eltern haben sich 1938 vor den vielen Mördern nach London geflüchtet, weil dort ein dicker Mann gelebt hat, dem der Papa mehr vertraut hat als dem lieben Gott. Der Mann heißt Mister Churchill, und ich bete jeden Abend für seine Gesundheit und für eine gute Tabakernte, damit ihm seine Zigarren schmecken. Das Gebet hat mir der Papa befohlen. Der ist so. Er kann nur anschaffen. Nie sagt er »bitte« oder »danke«. Das meiste an Papa ist ein Donnerwetter. Manchmal weint er aber auch ohne sichtbaren Grund. Dann ist sein Gesicht viel schöner, und er kommt mir nicht wie eine Festung vor, sondern wie ein Dorf. Und ich kann mich an ihn lehnen. Und er legt mir einen Arm um die Schulter und es ist, als ob etwas Namenloses durch uns geht, das traurig macht. Die Mama sagt, das wäre das Jüdische, aber sie kann nicht erklären, was sie damit meint.

Gegenüber dem Schwedenplatz ist der Donaukanal. Und hinter dem Donaukanal beginnt für den Papa Rußland. »Wer nach Rußland geht, ist verloren«, sagt er. »Dort ist das Denken verboten, und es hat um zwanzig Grad Celsius weniger als bei den Amerikanern, Engländern und Franzosen.« Mein größtes Unglück ist allerdings, daß der Wurschtlprater auch in Rußland liegt und das Kindermädchen und ich immer riskieren, in Sibirien zu enden, wenn wir heimlich mit der Grottenbahn fahren. »Die Russen haben zwar Wien befreit«, sagt der Papa, »aber sich selbst nicht.«

»Hüte dich vor Schnurrbärten«, hat er gestern verkündet, »der Hitler und der Stalin und der Kaiser Wilhelm und Pontius Pilatus haben Schnurrbärte getragen.« Und die Mama hat geantwortet: »Red dem Kind keinen Blödsinn ein. Woher willst du wissen, wie der Pontius Pilatus ausgesehen hat?« Da hat der Papa geschrien: »Aus meinen Träumen weiß ich es! Wir tarockieren ja manchmal im Traum zu dritt mit dem Doktor Lindinger.«

Da war auch die Mama fuchsteufelswild. »Der Lindinger ist der berühmteste Urologe von Wien, der hat nachts sicher Besseres zu tun als mit dem Pontius Pilatus und dir zu tarockieren, und jetzt fallt mir grad ein, daß der General de Gaulle auch einen Schnurrbart hat. Fast den gleichen wie der Hitler. Und der de Gaulle ist doch ein Held.«

»Der de Gaulle hat keinen Schnurrbart, sondern einen Moustache, das ist ganz etwas anderes.« So streiten meine Eltern wegen nix und wieder nix.

Mir kommen die Erwachsenen so innerlich durcheinander vor. Wie Straßenbahnen sind sie, die sich ständig verfahren. Wenn sie zum Parlament wollen, landen sie am Zentralfriedhof oder umgekehrt. Dabei sagen alle zu mir Pallawatsch, und gerade mein Leben ist doch so eindeutig. Ich möchte Imker werden. Der bedeutendste Bienenzüchter, seit sich die Welt dreht. Das ist es, was ich auch schon so lange der Schwedin erzählen möchte: Sie soll sich keine Sorgen um die Zukunft machen. Für alles werde ich aufkommen. Und die Blässe wird ihr Gesicht verlassen, weil wir ja in den Süden übersiedeln nach Sizilien, weit weg von den Russen und der Kälte.

»Auf Sizilien blüht es nicht nur manchmal wie bei uns zu Muttertag im Stadtpark, sondern die ganze Insel ist immerzu auf Blüten und Duft gebaut«, sagt der Rittmeister von Hebra, der jeden Donnerstag bei uns mit der Mama Bridge spielt. »Die Häuser haben dort Fundamente aus Veilchen und Rosen. Dahin möchte ich Sie entführen, gnädige Frau«, hat er ihr einmal zugeflüstert, aber ich habe es trotzdem gehört, weil ich ganz nahe unter dem großen Eßtisch gelegen bin, um aus Matadorteilchen den Eiffelturm zu bauen. Der Eßtisch ist von einer weißen Brokatdecke geschützt, die fast bis zum Boden reicht. Das ergibt zwischen den Tischbeinen eine Höhle, und dieser Raum ist mein Friedensgebiet. Wenn die Eltern abends ausgehen, ins Konzert oder zum Tanzen ins Casino Zögernitz, sitzen das Dienstmädchen und ich im Friedensgebiet und spielen Domino oder Himmel und Hölle. Wenn ich dreißigmal gewonnen habe, darf ich einmal durch ihren Pullover die Brüste des Dienstmädchens berühren. Und wenn sie hundertmal gewonnen hat, muß ich ihr ein paar von Mamas Nylonstrümpfen stehlen. Das Dienstmädchen hat große Pläne. Sie möchte einmal glücklich werden. Ich kenne niemand, der wirklich glücklich ist.

»Das Glück ist nicht von dieser Welt«, sagt der Papa. Aber in der Welt der Insekten gibt es das Glück, und wer mit ihnen lebt, wird angesteckt davon. »Woher hast du diese Idee?« hat mich das Dienstmädchen gefragt. »Aus der Luft«, habe ich geantwortet, »die Luft weiß es. Weil sie nichts zu tun hat, als alles Fliegende zu beobachten. Und die Luft zeigt es mir.«

Das ist keine Lüge. Ich kann wirklich mit dem Unsichtbaren reden. Aber nur, wenn es will. Es meldet sich mit einem Geruch wie frische Semmeln. Mitten in der Schulstunde oder beim Drachensteigen oder vor dem Einschlafen. Ich rieche es plötzlich und fühle, jetzt wird es gleich wieder möglich sein. Dann kommt eine innere Stimme und erzählt und gibt Auskunft. So ist auch der Plan mit dem Imker-Sein entstanden. Ich stelle mir vor, daß die Schwedin und ich in einer großen, hellen Wabe wohnen werden, und wenn wir ausgehen, umschließen uns Gewänder aus Bienen, die vor den dummen Ideen dummer und langweiliger Leute schützen.

Der am wenigsten langweilige Mensch, den ich kenne, heißt Sangpur Singh. Er trägt einen blauen Turban und darunter Haare bis zu den Hüften, die niemand sehen darf, mit dem er nicht per du ist. Nach Wien ist er gekommen, weil die Königin von England auch Königin von Indien war und er für diese Frau in den Krieg ziehen wollte. Zuerst war er Fallschirmspringer, jetzt ist er Chauffeur bei der britischen Kommandatur, und in seiner Freizeit bügelt er die Anzüge und Krawatten von Papa. Krawatten bügelt man im Dampf eines Teekessels, und im Dampf wohnt auch einer von Sangpur Singhs Göttern: der Dampf- und Nebelgott aus dem Himalaja. Die indischen Götter sind sehr schnell und übersiedeln in Augenblicken von Asien in unsere Küche, weil sie überhaupt kein Gepäck haben.

Der katholische Gott Jesus muß ja Tag und Nacht sein riesiges, schweres, hölzernes Kreuz mittragen, und das macht ihn ziemlich langsam. Und wenn man ihn dringend braucht, kommt er meistens zu spät. Vom jüdischen Gott soll man sich kein Bild machen, aber ich stelle mir immer etwas vor. Ich weiß gar nicht, wie man es tut, daß man sich nichts vorstellt.

Alexander Schwarz

Tag der Frösche

16 seltsame Reisen

Reisen und Lesen ist gefährlich! Der Autor und Filmemacher Alexander Schwarz schildert 16 ungewöhnliche Begebenheiten, die sich an gewöhnlichen Orten wie Basel, Wien, Málaga, Rimini, Teneriffa oder San Remo ereignen. Wie in den Filmen von David Lynch sind es zunächst die feinen Risse im Alltag, die sich im Laufe der Geschichte zu wahren Beben entwickeln. Alexander Schwarz erzählt mit Humor vom Alltag, in dem das Unheimliche lauert.

Berliner Taschenbuch Verlag

Péter Esterházy
Eine Frau
Aus dem Ungarischen von Zsuzsanna Gahse

Nach dem großen Erfolg von *Harmonia Cælestis*, dem »Festtag für die europäische Literatur« (Süddeutsche Zeitung), nun eine Liebeserklärung an die Frauen in 97 Kapiteln. Weil aber das Buch *Eine Frau* heißt, handelt es sich hier um 97 Facetten, Perspektiven, Blicke auf *eine* Frau, wodurch das Ganze eine einzige große Liebeserklärung wird.

»*Ein essayistisch-erotisch-textliches Experiment … mit erstklassigen Sex-Szenen.*« Lawrence Norfolk

»*Esterházys Humor schwärzt zärtlich ein, sticht unerbittlich augenzwinkernd, aber tödlich zu, erotisiert auch noch das tristeste Grau.*«
Harald Eggebrecht, Süddeutsche Zeitung

Berliner Taschenbuch Verlag